ファン文庫

質屋からすのワケアリ帳簿

悪を照らす鏡

著　南潔

マイナビ出版

目次

質屋からすの
ワケアリ帳簿

悪を照らす鏡

南 潔

登場人物

烏《から》島《しま》廉《れん》士《じ》

「人が大切にしているものしか引き取らない」という、
一風変わった質屋からすの店主。年齢・出自は不詳。
黒いシャツに黒いパンツという黒ずくめの服装がトレードマーク。

目《め》黒《ぐろ》千《ち》里《さと》

質屋からすの店員。
新卒で入社した会社を数ヶ月でクビになってしまったところ、
幼い頃から身につけていた「特殊な能力」を烏島に買われ、
質屋に雇われることになった。

七《なな》杜《もり》宗《そう》介《すけ》

お金持ちの子女が通う鳳凰学園高等部三年生。
平安時代まで遡ることのできる名家・七杜家の御曹司。
父親の代理で質屋からすを訪れるうちに事件に巻き込まれ、
ふたりとともに解決したという経緯がある。

八《や》木《ぎ》 汀《なぎさ》

宗介の腹違いの妹。母親は宗介の父の愛人で、別宅に暮らす。
千里になついていて、たびたび予告もなくアパートを訪れる。

鳩《はと》村《むら》 剛《つよし》

烏島の古い知人。
ゲイバーのママをする傍ら、烏島を手伝って情報屋もしている。

一年の計は元旦にあり

元旦、千里《ちさと》はいつも通り、朝の八時に布団を抜け出した。

パジャマがわりのジャージの上からフリース素材のパーカーを羽織り、組み立てテーブルの上に置いてある両親の位牌《いはい》に手を合わせる。朝食はバナナと熱いほうじ茶。いつも通り、変わらない朝だ。

勤めている質屋は年中無休だが、千里の仕事始めは四日だ。学生時代は必ずバイトを入れていたため、予定のない年始は久しぶりだった。ほうじ茶を飲みながら時間をどう潰《つぶ》すか考えていると、誰かがアパートの階段を上る音が聞こえてきた。千里は身体の動きをとめ、息をひそめる。木造二階建ての古いアパートは防音性が低く、朝方の静かな時間帯は、外の音がよく響く。しばらくして「あけましておめでとうございます」という女性の明るい声が聞こえてきた。大家の唐丸《とうまる》だ。掃除にきたのかもしれない。千里は緊張を解き、息をついた。

昨年末に叔父の新二《しんじ》とお金の件で揉めて以来、かなり神経質になっている。唐丸がドアの鍵を付け替えてくれたので勝手に部屋の中に入られる心配はなくなったが、新二がまたここを訪ねてくる可能性が消えたわけではない。

憂鬱《ゆううつ》な気持ちを振り切るために千里は外に出ることにした。コートを羽織ったところで、マフラーがないことに気づく。年末に質屋の上得意客の息子である宗介《そうすけ》に貸したことを思い出した。千里はため息をつき、コートのボタンを一番上まできっちりしめて、部屋を出た。

どんよりしたメンタルを整えるのには太陽の光を浴びるのが効果的だと聞いたが、今朝はあいにくの曇り空だった。初詣に向かう家族連れやカップルとすれ違いながら、正月飾りで彩られた商店街に向かう。初売りは二日からなので、ほとんどの店がシャッターを下ろしていた。千里は不動産屋に張り出されている賃貸情報をいくつかチェックしてから帰途についた。

「……汀《なぎさ》さん？」

アパートの前に振り袖を着た汀が立っていた。深い緑の地に清楚な百合の花が描かれた艶《あで》やかな着物は、汀の明るい栗色の髪によく映えている。耳の下で切りそろえられている髪には花の飾りが差し込まれていた。思わず目を奪われる美しさだ。

「千里さん！」

千里に気づいた汀が顔を上げた。千里は「何かあったんですか？」と口から出かかった言葉をすんでのところで呑み込む。

「……もうここには来ないでくださいと言いましたよね」

つとめて冷たい声で言うと、汀は哀しそうに目を伏せた。千里は辺りを見回す。少し離れた場所に黒い車が停まっていた。その傍に立っているのは何度か顔を見たことのある汀の運転手だ。目が合うと、千里に向かって恭《うやうや》しく頭を下げる。汀がひとりでここに来たわけではないと知り、ほっとした。

「帰ってください」

千里は汀に言い、郵便受けを開ける。中に入っていたチラシなどを回収し階段を上ろうとすると、コートの袖を引っぱられた。

「千里さんに相談があって……話を聞いてくれるだけでいいの。お願い」

泣きそうに潤んでいる大きな目を見ると、心が揺らぐ。思わず伸ばしかけた手を引っ込めるのには、かなりの胆力を要した。

「相談なら私じゃなく他の人にしてください」

千里は汀の手を退け、階段を上がる。背中に視線を感じたが、振り返らなかった。部屋に入ってから、聞き耳を立てる。しばらくして、車の走り去る音がした。千里はドアにもたれるようにして、ずるずるとその場に座り込む。

「……きついなぁ」

汀の表情を思い出すと罪悪感が募る。だが、彼女は名家の娘だ。千里と付き合っていれば、新二が彼女につきまとう可能性がある。実際、新二は初対面の汀から返すつもりのない金を借りていた。

これでよかったのだと自分に言い聞かせ、千里はチラシをゴミ箱に押し込んだ。

愛の疑惑

質屋からすは商店街の裏通りにある。

二階建てのビルはモルタルの壁にひびが入り、窓の格子戸《こうしど》は錆びついている。一階の引き戸には店名が染め抜かれた黒いのれん、『質』のマークがついた電光看板の下には、この店を象徴する宣伝文句がぶらさがっていた。

『あなたの大切なもの、高値で引き取ります』

正月飾りのない店舗の裏手にまわり、外付けの階段で二階に上がる。ビルの一階と二階は建物内で行き来できないようになっていた。これは店主の防犯上の拘《こだわ》りだ。寒空の中、電線にとまっているカラスを見ながら、千里は重い金属製のドアを開けた。

「おはようございます」

二階には古いビルの外観からは想像できない優雅な空間が広がっている。一間続きの広い部屋に敷き詰められた赤い絨毯《じゅうたん》。手前には来客用の立派な応接セットがある。そして窓際には飴色のアンティークデスクと革張りの椅子――そこでなにやら作業している部屋の主が顔を上げた。

「おはよう、目黒《めぐろ》くん」

質屋からすの店主、烏島廉士《からしまれんじ》だ。彫りの深い顔立ちと滑らかな白い肌は外国の人形めいている。着ているのは黒のシャツとパンツ。この店は店主を含め、季節をまったく感じさせない。家族や友人、恋人と一緒に過ごすのが当然と言わんばかりのイベントの雰囲気に疲れていたせいか、いつもと変わらない烏島を見て千里はほっとする。

「あけましておめでとうございます。今年もよろしくお願いします」

「ああ、よろしく」

仕事始めの挨拶を軽く流した烏島は、千里の持っていた紙袋に目をとめる。

「それは？」

「ここに来る前に商店街に挨拶に寄ったんです。お店の方たちにいただきました」

千里は紙袋の中からもらった品を取り出した。『コトブキ書店』という名前が入った卓上用の開運カレンダーは雑誌等の定期購読を頼んでいる書店から、『葉山文具店』という印字が入った白タオルは店の備品などを購入している文房具店。可愛い小袋に入ったラスクは、烏島が昨年クリスマスケーキを予約したパティスリーのものだ。千里も汀のために何度か焼き菓子を買ったことがある。開店準備をしているところに出くわして、新作だというラスクをもらった。

「烏島さんによろしくって言われました。どこに置いておきましょうか？」

「全部きみが持って帰りなさい。そのつもりで向こうは渡したんだろうしね」

「そんなことないですよ」

千里はおつかいをしているだけで、お金を出しているのは烏島である。千里もたまに個人的な買い物をするが、頻度は少ない。

「いや、あるんだよ。去年はなかったから。僕はカレンダーもタオルもいらない」

「ラスクだけでも置いておきましょうか。二階のお客さんのお茶菓子にでも」

「茶菓子を出すほど客に長居してもらう気はない。目黒くんが食べなさい」

「……じゃあ、遠慮なくいただきます」

ラスクも嬉しいが、粗品のタオルも嬉しい。生地は薄いがそれがかえって使いやすく、いくらあっても困らない。自宅用のカレンダーは買っていなかったので助かる。

「嬉しそうだね、目黒くん」

「嬉しいですよ。当たり前じゃないですか」

こういう実用性のある消耗品が一番嬉しい。

「安上がりだ。もう少し物欲を持ってみたら？」

「物欲はあります。でも今はお金を貯めないと」

千里が思わず口を滑らせると、烏島が「おや」と意外そうな顔をした。

「欲しいものでもあるのかい？」

欲しいものはない。引っ越しをしたいのだ。しかし保証人がいない場合は保証会社に頼むことになるので余計にお金がかかる。叔父に保証人は頼めない。そもそも、その叔父がお金をせびりに来たことが発端なのだ。

「欲しいものはないんです。何かあったときのために貯金したくて」

烏島に言えば、おそらく保証人になってくれるだろう。そうなると理由を言わなければならない。事情を知っている烏島相手だとしても、これ以上、身内の恥を口にするのは躊躇《ためら》われた。

「お客さんがいらっしゃってたんですか？」

千里は話を変えるように、烏島に尋ねる。烏島のデスクには、珍しくさまざまなものが広げてあった。

「いや、昔買い取ったコレクションの状態を確認してたんだ。正月は一階の客が少ないから暇でね。二階の客が来ないのは喜ばしいことだけど」

一階の店舗には他の店では断られるような『大切なもの』を高値で売ろうとする一見客、二階のこの部屋には烏島がモノと共に収集する情報を目当てにしている得意客がやってくる。烏島が歓迎しているのは一階の客で、業《ごう》の深いワケアリの品を買い取ることを趣味——いや、仕事としていた。

「きみに見せたいものがあるんだ」

烏島が手に取ったのは、黒いビロードのケースだ。中に入っていたのは、豪華なペンダントだった。金の台座に嵌《は》めこまれた楕円形の赤い石は、千里が今朝サラダにして食べたプチトマトほどの大きさがある。

「……大きいですね」

「天然のルビーだ。資産家が可愛い一人娘のために知り合いの宝石店につくらせた」

「質流れしたんですか？」

質入れの場合、期限までに利息と元金が払えなければ、質流れとなり所有権は烏島に移る。千里が質屋で働きはじめて約半年、質入れしてから利息と元金を払いに来る客はほとんどおらず、多くの質草が烏島の手中に落ち、『コレクション』になるのを見てきた。

「いや、これは最初から買い取りをお願いされた」

質入れは質草の保管料がかかるため、買い取りの方が多めにお金が支払われる。少しでも高値で売りたい、または取り戻す気がない客は、買い取りを選ぶ。

「誰が持ち込んだんですか？」

「資産家の娘だよ。ホストに入れあげてお金が必要だった。鑑別書がなかったせいで買い取りを断られたり安値をつけられたりと、なかなかお金に換えられなくてね。それでうちに辿り着いたわけだ」

確か鑑定書はダイヤモンドにしかつけられず、鑑別書はその他の石を証明するものだったはずだ。

「やっぱり鑑別書がないと、宝石を買い取ってもらうのは難しいんですか？」

「明確な鑑定基準があるダイヤと違って、ルビーのようなカラーストーンの見極めはプロでも難しい。最近じゃ精巧な模造品も多く出ているから鑑別書なしだと断られるケースも結構あるんだ」

この店の『あなたの大切なもの、高値で引き取ります』という宣伝文句は、客の都合のいいように解釈できる。他の店では扱えないと断られたモノでも、買い取ってもらえるかもしれないという希望を抱かせるのだ。実際、烏島が気に入れば高値で買い取り、または融資を受けられるのだから、持ち込む価値はある。

「烏島さん、これ、私に見せたいだけじゃないんですよね？」

烏島はにこりと笑ってケースを千里に差し出した。

「視《み》てもらえるかい？」

千里がこの独特な買い取り基準を持つ質屋の店主のもとで働くことができているのは、自分の特殊な『能力』を彼に買い取られたからだ。

千里はペンダントを慎重に手に取った。手のひらにのせると、ひんやりとした重みを感じる。普通なら手袋をつけて扱わなければならないものだが、千里が『視る』には素手で触れる必要がある。

千里は深呼吸してから、目を閉じた。

しばらくすると、脳裏に映像が浮かんだ。この宝石に関わったであろう人々がコマ送りのように浮かんでは消えていく。モノに残る思念が強いほど映像は明瞭になるのだが、そんな気配を見せないままに時が過ぎる。諦めかけたとき、パッと鮮明な映像が現れた。スローモーションのようにゆっくりと流れる映像。息苦しさに千里は薄く口を開け、息を吐いた。

「なにが視えた？」

しばらくして目を開けた千里に、烏島が尋ねる。

「……派手な着物を着た女性が炎に包まれた部屋で倒れていました。古くて狭い……時代物の映画のセットのような……」

倒れていた女性の顔はうつぶせになっていたため視えなかった。粗末な部屋とは反対に女性の着ている着物は派手で、そのことに違和感を覚えた。

「あと、この石はもともとペンダントじゃなくて」

「指輪だった？」

千里は驚いて烏島を見る。

「その通りです。どうしてわかったんですか？」

「昔々、とある華族の家から『椿の雫《しずく》』と名のついたルビーの指輪が消えた。ルビーは色の美しさが重要視される。『椿の雫』は鳩の血の色と言われる最高品質のピジョンブラッド。それも貴重な非加熱石だった」

「宝石を加熱するんですか？」

「ルビーはインクルージョンと呼ばれる内包物を多く含んでいる鉱物なんだ。インクルージョンの量が多いと石はくすんで見える。その場合、色を良くするための処理が施されることがある。加熱処理はそのひとつだ」

千里は昨年、質屋に持ち込まれた皿の件を思い出した。古い陶器を高温で焼き直すとで釉《うわぐすり》に含まれた不純物を飛ばし、色を良くするという手法。あれと似たようなものだろうか。

「近年出回っている手ごろな価格のルビーは加熱処理されたものがほとんどだ。だが、まれに加熱処理しなくても美しい石が存在する。そのひとつが『椿の雫』だ」

「烏島さんは、このペンダントのルビーが『椿の雫』だと知っていたんですか？」

「ペンダントが資産家の手に渡るまでのルートを調べて、可能性はあると思っていたんだ。でもこのルビーは『椿の雫』よりもカラット数が小さく、非加熱の証であるインクルージョンも存在していなかった。だから目黒くんの力で答え合わせがしたくてね」

　烏島はそう言って、千里の手からペンダントを取り上げた。

「指輪が行方不明になったとき、華族の娘も行方がわからなくなった。彼女は使用人の男と駆け落ちしたそうだ。その数年後、とある宿場町の遊郭で火事が発生し、多くの遊女が焼け死んだ」

　駆け落ちした娘、遊郭、派手な着物、火事――千里の中で完成させたくないパズルのピースがぴたりと嵌《は》まっていく。

「……火事で石が加熱されたせいで、インクルージョンが消えたんですね」

「石に煤《すす》がこびりつけば、それを剝《は》がすために研磨しなければならない。石は必然的に小さくなる」

　鮮やかなルビーの赤を見つめながら烏島が言う。

「世間知らずの箱入り娘と、その使用人。ふたりの生活はすぐに破綻した。疵物《きずもの》となった娘は家には戻れない。家から持ち出したルビーの指輪は売れなかったのか、それとも売りたくなかったのか——彼女は手放すことができなかった。だが金は要《い》る。あの時代、女性が金を得るためにできる仕事は限られていただろう」

遊郭の建物に火の手が回ってきたことに気づき、大事な指輪を持って逃げようとしたところ煙に阻まれ、倒れた。

「このルビーも浮かばれないね。人間の短絡的な情動に二度も巻き込まれた」

「短絡的な情動？」

「恋だよ」

烏島の口からそんな言葉が出てくると思わず、千里は驚いた。

「いつの時代でも身分違いの恋はうまくいかないということさ」

烏島は至極楽しそうに言い、赤い石に唇をつける。千里は目を見開いた。烏島は驚く千里に気づき、「なんだい？」と首を傾《かし》げる。

「いえ、その、口……」

「口？　ああ」

烏島は笑った。

「大事なコレクションに触れて愛《め》でるのは当然だろう」

「そ、そうなんですか？」

「ああ、でもさすがに口で触れるものは選んでる。例の金歯にはしないよ」

例の金歯とは、烏島のお気に入りのコレクションのひとつだ。金に困った息子が生きている母親の金歯を強引に奪い『形見』として質屋に売りに来た。

「これ、もう棚に戻しますか？」

千里は烏島のコレクションを見ながら言った。

「いや、これは別の場所に保管する」

「ここ以外にも保管場所があるんですか？」

「僕のコレクションの中でも殿堂入りしたものを仕舞ってある」

烏島の殿堂入りコレクション。一体どんな禍々《まがまが》しいものがおさめられているのだろう。

「気になるかい？」

千里の心を読んだように、烏島が尋ねてきた。好奇心が恐怖をほんの少し上回る。

「はい」

「きみもいずれそこに案内してあげるよ」

秘密主義な烏島にしては珍しい。きっと本気ではないのだろう。期待しないでおこうと思いながら千里は「楽しみにしてます」と返事をした。

「目黒くん、急なんだけど明日出張に行ってもらいたいんだ」

烏島が思い出したように言った。

「わかりました。遠方ですか？」

「離島にある寺だ。鑑定を依頼したいものがあるらしい。それを引き取ってきてもらいたい」

烏島はこの店を離れたがらない。そのため、千里が烏島のかわりに外に出る。

「わざわざこちらが引き取りに行くということは重要なものなんですか？」

「さあ。詳しくは知らないいんだ。得意客の紹介だったから断れなくてね」

その口ぶりから、烏島の興味を引くものではなかったようだ。

「紹介なら、烏島さんの方がいいんじゃないですか？」

「いや、今回はきみじゃないと無理なんだ」

「私でないと無理？」

なにか『視る』仕事だろうか。

「男子禁制の尼寺《あまでら》なんだ」

男子禁制の尼寺

飛女島《ひめじま》は神除港《かみよけ》からフェリーで二時間の場所にある。

船は一日三便。千里は十一時神除港発の船に乗り、島の尼寺で査定する品を預かってから、午後四時の船で戻る予定だ。

船内に観光客らしき人の姿はなく、トラックの運転手や島の人間と思われる老人が数人いるだけだった。皆、慣れた様子で棚からビニール製の枕を取り出し、絨毯を敷き詰めた座敷に寝転がっている。

千里ははじめ椅子のシートに座っていたが、船が出航すると思ったより大きく揺れはじめた。このままでは酔いそうだと思い、他の乗客に倣《なら》って枕とともに奥の座敷に移動する。仕事用のスーツをスカートからパンツに替えたおかげで、どんな体勢をとっても気を遣わなくていいのが楽だ。コートを毛布のように身体にかけ、船の揺れに身を任せる。エンジンの振動、少し離れた場所で顔に新聞紙を載せて寝ている男性のいびきが不思議と心地よく、うつらうつらしているうちに到着のアナウンスが流れた。

船のタラップを降りると、潮の匂いを含んだ冷たい風が吹きつけてきた。空を見上げれば、灰色の重たい雲がかかっている。島から戻ったら新しいマフラーを買おうと決め、千里はコートのボタンを一番上まできっちりかけた。

数人の作業員がクレーンで船からコンテナを降ろしているのを見ながら、小さな待合室に入る。乗船券売り場にはカーテンがかかっていた。午後の便まで休みなのかもしれない。小さな土産物売り場も閉まっており、こちらは夏の短い間だけ営業しているようだ。稼働しているのは飲み物の自動販売機だけだった。

島にはタクシーがないため、寺が車を手配してくれている。約束の時間にはまだ少し早い。迎えを待つ間、千里は壁に貼られた島の地図を眺めた。飛女島の人口は約千人。将棋の駒のような形をした島だ。島の周囲は八十キロほど。人の住む集落は港のある南側に集中しており、北側には山が連なっている。千里の目的地である尼寺は北の端にある。

「目黒さんはいますか?」

しばらくして待合室にオレンジ色のニット帽をかぶった女性が駆け込んできた。灰色の作業着に、首にはタオルを巻いている。ふっくらした頬は寒さのためか林檎《りんご》のように赤くなっていた。

「はい、私です」

千里がベンチから立ち上がると、女は「会えてよかった」と笑った。目尻に深い皺が寄る。

「宇野《うの》です。お寺さんまで送りますね」

「目黒です。よろしくお願いします」

待合室を出ようとした宇野は、思い出したように振り返った。

「目黒さん、もしどこかに連絡入れたかったら今のうちに連絡入れておいてくださいね」

「えっ、どうしてですか？」

「飛女島は港の周辺しかスマホの電波が入らないんですよ。今から行くお寺も通信機器は使えませんから」

想像したよりもとんでもない場所に来てしまったようだ。千里は念のため烏島に島に着いたこと、寺はスマホの電波の入らない場所になるという旨のメッセージを送っておいた。

「さ、こちらにどうぞ」

宇野の車は白い軽のワゴンだった。ドアには『民宿うの』と書かれている。後部座席には段ボール箱が天井近くまで積み上げられていた。

「ほんとは後ろに乗ってもらいたかったんだけど配達の荷物が多くって。ごめんなさいねえ」

　助手席に乗り込んだ千里に、宇野が謝った。

「大丈夫です。あの、配達の方はかまわないんですか？」

「今積んでる荷物は寺に持っていくものですから。じゃあ出発しますね」

　車はゆっくりと動き出した。

「目黒さんは飛女島は初めてですよね」

「はい」

「なんにもない島だからびっくりしたでしょう。時間を潰せる場所でもあればいいんですけどねえ」

　港の周辺には店らしきものが数軒並んでいたが、営業しているのは一軒だけであとはシャッターを下ろしていた。天気も悪いせいか寂しげな雰囲気だった。

「宇野さんは民宿をされているんですか？」

「もう閉業してるんですよ。旦那と離婚してからはひとりじゃ無理で。今は船便で届いた荷物を配ったり、タクシーがわりに車を出したりが仕事になってます」

「すみません、プライベートなことを……」

「いいんですよ。この島にいたらプライバシーなんてないに等しいですから」

宇野は気にした様子もなくカラカラと笑う。

「まあ、原因は離婚だけじゃないんですけどね。数年前に海岸が遊泳禁止になってからは客入りがさっぱりで」

「遊泳禁止って、なにかあったんですか？」

小さな島では重要な観光資源ではなかったのだろうか。

「お寺さんが禁止にしたんですよ」

「お寺が？」

「住職がこの島の大地主なんです。島のほとんどが住職の所有する土地だから、観光客に入り込まれるのが嫌だったんでしょう。それまでは長期滞在してくれる学生さんがちらほら来てくれてたんだけど」

山道に入ると、ちらちらと雪が舞いはじめた。車道にも雪が残っている。

「あら？」

宇野が呟き、ゆっくりと車のスピードを落とす。千里は道の真ん中に立っている人影に気づいた。灰色の着物、箒《ほうき》のような白い頭髪、肌に刻まれた年輪のような深い皺。手には木の棒を持ち、もう片方の手には懐中電灯を持っている。

「目黒さん、悪いけどちょっと待っててもらえますか」

「はい」

千里が頷くと、宇野は車を降りて老婆のもとへと駆け寄った。

「シメさん、寒いんだから家にいなきゃだめじゃないの」

シメと呼ばれた老婆は宇野の手を振り払い、千里の乗っている助手席の方へ近づいてくる。枯れ木のような手が助手席の窓を叩いた。驚いた千里は運転席の方へ身体をのけぞらせる。灰色の濁った瞳にじっと見つめられ、千里は困惑した。

「だめよ、シメさん。天気が崩れてこないうちに家に戻って。あとで配達に行くからね」

宇野がシメを車から引きはがす。シメは舌打ちすると、道路脇の山林に入っていった。彼女が歩く道なき道の木枝には赤い布が巻きつけてある。道標《みちしるべ》のようなものだろうか。

「驚かせてごめんなさいね」

運転席に戻ってきた宇野が、謝りながら車を発進させる。

「あのお婆さんは？」

「ああ、シメさん？　島の産婆《さんば》さんよ」

「産婆？」

「助産師さんのことです。シメさんの家は代々産婆さんをやっててね、昔はみんな家で産んでたから。私も五十年前に彼女に取り上げてもらったんですよ」

宇野はしみじみと言う。

「シメさんはおいくつなんですか？」

「確か九十を越えたばかりだったかしら」

千里は目を見開く。

「すごい、お元気なんですね」

「この島の女は長生きなんですよ。足腰が弱ってないからこの周辺をよく徘徊《はいかい》してててね。ひとり暮らしだから見かけるとどうしても放っておけなくて……あ、あれが玖相《くそう》寺ですよ」

飛女島にある唯一の神社仏閣、男子禁制の尼寺、それが玖相寺だ。立派な山門、その奥には荒い岩肌が見える。古い建造物と自然が一体化した景色に白い雪が舞う。色のない景色は水墨画のような美しさだった。

山門に近づくと、灰色の着物をまとった若い女が立っていた。頭には白い頭巾をかぶっている。

「……なんだか機嫌が悪そうだわ」

「機嫌？」

千里が首を傾げると、宇野はハッとしたように「ううん、こちらの話」とぎこちなく笑った。

「遅いじゃないの」

車を降りると、女が苛立《いらだ》ったように宇野に言った。

「すみません、桂子《けいこ》さん。でもまだ約束の時間では……」

「こっちはあなたと違って大事なお勤めがあるんです。早め早めに行動するのが当然でしょ。そういう態度をとるなら、別のところに仕事をふってもいいのよ」

「そんな、それだけはどうかご勘弁ください」

ぺこぺこと身体を折って謝り続ける宇野を、千里は見ていられなかった。

「私が船酔いしてしまったんです」

桂子が千里を見る。白い頭巾からのぞくのは化粧気のない顔。目は据わっており、その下にある濃い隈が不機嫌な表情に拍車をかけている。

「……誰です？」

「質屋の目黒です。私が船酔いしたので、気分がよくなるまで宇野さんに出発を待ってもらったんです。お待たせして申し訳ありませんでした」

頭のてっぺんからつま先まで値踏みするような視線が向けられる。気分のいいものではなかったが、こういう目で見られることには慣れている。

「宇野、荷物は部屋まで運んでおいてちょうだい。見子《みこ》様のものを優先するのよ」

「かしこまりました」

桂子は千里を見ると「こっちです」とそっけない声で言い、歩きはじめた。千里は申し訳なさそうな顔をしている宇野に頭を下げてから、桂子の後を追った。

山門をくぐると長い階段がある。のぼりきると息が切れた。運動不足だ。先を歩く桂子は慣れているのか呼吸も歩調も乱れていないことに感心する。寺の境内《けいだい》は広く、桂子と同じ灰色の着物に白い頭巾を被った尼が忙しそうに働いていた。松の内だが参拝客の姿は見当たらない。

千里が案内されたのは、奥まった場所にある建物だ。

「成香《せいか》さま、お約束の方をお連れしました」

桂子が襖《ふすま》を開ける。そこには薄い桃色の着物を着た若い女性が座っていた。円《つぶ》らな瞳、小さな鼻、ピンク色の唇。小動物のような愛らしい顔立ちとは反対に、その佇まいには落ち着きと品があった。長い髪は緩く三つ編みにして、右肩に垂らしている。

「鑑定をお願いしました九条《くじょう》成香です。今日は遠方からお越しいただきありがとうございます」

この寺を管理する九条家の息女。彼女の花が咲きこぼれるような笑みに千里は目を奪われる。明るい色の着物と相まって、色のない世界に咲く可憐な花のようだった。

「目黒さま？　どうかなさいました？」

不思議そうに首を傾げる成香に、千里ははっと我にかえった。

「質屋からすの目黒です。遅くなり申し訳ありません」

千里が謝ると、成香はきょとんとした顔をする。

「いえ、時間よりも少し早いくらいですよ」

「いえ、でも……」

千里が戸の方に視線をやると既に桂子の姿はなかった。

「船はよく到着時間が遅れますし、気になさらないでください。もともとこちらで手配させてもらった車なんですから。雪で道も悪かったでしょう？」

成香はそう言って千里に向かいの座布団を勧める。桂子とはまったく違う反応に、寺の人間はみんなああなのかと構えていた千里は気が抜けるのを感じた。

「寒かったでしょう。今お茶を淹《い》れますから、ゆっくりなさってください」

成香は千里に座布団を勧めてから茶を淹れてくれた。目が合うたびに微笑まれるので千里はドギマギしてしまう。

「さっそくなんですが、鑑定するお品物を見せていただいてもいいですか？」

「はい。こちらです」

成香は傍に置いてあった紫色の風呂敷包みを解いた。中に入っていたのは、浅く丸いくぼみのある、平べったい石のようなものだった。

「おそらく硯《すずり》だと思うんですけど、箱には何も書かれていませんし、寺の宝物目録にもそれらしきものが載っていなかったので、困ってしまって」

鑑定は烏島の知人の専門家に頼む手筈《てはず》となっていた。烏島は専門家に頼むのが一番だと言っていたが、興味のないモノに自分の時間を使いたくないだけなのではないかと千里は思っている。

「事前にお伝えしていた通り、一旦こちらでお預かりして専門家に見てもらう流れになりますが、大丈夫でしょうか？」

「はい」

成香の了解を得てから、千里は手袋をはめて硯や箱を整え、スマホのカメラで写真を撮った。その後、規約に目を通してもらい、預かり証にサインしてもらってから控えを渡す。持ってきた梱包材で硯を厳重に包むと、一時間もかからずに仕事は終わった。

「よければお寺を見ていきませんか？　私が案内しますから」

「え？　いえ、でもご迷惑では……」

「迎えの車が来るまで時間がかかりそうで……いかがでしょう?」

千里の脳裏に宇野の姿が浮かんだ。配達の仕事もあるようなので、急《せ》かすのは千里の本意ではない。「お願いします」と言うと、成香は嬉しそうに頷いた。

＊＊＊

「玖相寺は平安時代初期に飛女島に流刑になった九條家の始祖が、朝廷から罪が許された後に創建しました」

平安時代まで先祖を遡《さかのぼ》れるということは、きっと立派な家系図が残されているのだろう。千里など、祖父母の名も正しく書けるか怪しい。千里が生まれたときには父方母方どちらの祖父母も既に亡くなっており、両親から祖父母の話を聞くこともほとんどなかった。

「現住職は九條華車《かしゃ》。私の母親になります」

「寺が男子禁制になったことには理由があるんですか?」

「玖相寺の初代の住職は始祖の娘なんです。もともと飛女島には古くから女系継承が根付いていました。女が家と名を継ぎ、男は家を出る。自然とこの島で仏門に入るのは女性だけになったという話です」

　男子が跡継ぎとなることが多い中、飛女島では独自の文化が根付いているらしい。宇野が島の女は長生きすると言っていたが、それも影響しているのだろうか。

「小さな子もいるんですね」

　境内には小学生や中学生くらいの女子の姿もあった。彼女たちは紺色の着物を着ている。行儀よく、年上の尼に従っていた。

「あの子たちは尼見習いなんです。教員資格を持った尼から勉強を教わります。十五で本格的な修行に入って、十八で正式に寺の尼と認められます」

「みんな島の子なんですか？」

「寺の尼はすべて島の人間です。住職が島で生まれた女子から相応《ふさわ》しい子を選ぶんですよ」

　尼に相応しいというのは、どういう判断基準なのだろうかと思いながら少女たちを見る。

「寺にはどのくらいの尼さんがいらっしゃるんですか？」

「役職を除けば四十九人です」

　途中、真っ赤な人参の入った籠を運ぶ尼の列を見かけた。彼女たちは成香と千里にちらりとも視線を向けることなく、奥の建物に入っていく。

「島人参です。きれいに洗ってからお聖天《しょうでん》さまのお供え物にするんですよ」

千里の視線に気づいたのか、質問する前に成香が説明した。

「おしょうでんさま？」

「玖相寺のご本尊です」

境内のちょうど中央のあたりに寺の本堂はあった。

靴を脱いで中に入る。広い空間にはお香の匂いと花の香りが漂っていた。板の間は顔が映りそうなほど磨きこまれている。奥の祭壇には美しい花と先ほど見た島人参、きんちゃく袋に入ったお菓子がお供えされていた。

「あの厨子《ずし》に玖相寺のご本尊である『飛女島聖天』が祀《まつ》られています」

祭壇の上には朱色の美しい厨子があった。細やかな細工の施された扉は閉められている。

「扉は閉めたままなんですか？」

「はい。その……お聖天様は男神と女神が……向かい合って抱き合っているような双身《そうしん》像ということで……秘仏として扱われていることが多いんです。この寺のご本尊も同じで人の目には触れないように……」

小声で恥ずかしそうに説明する成香に千里もつられて赤くなる。穢《けが》れのない美少女にセクハラをしてしまったような罪悪感に襲われた。

「でも誤解しないでくださいね。決して俗物的な存在ではないんですよ。お聖天様は子孫繁栄を約束し、子孫七代にわたって御利益を与えてくださるんです」

「子孫七代？」

「はい。現在に至るまで飛女島の人口が減っていないのも、お聖天様の御利益だと言われています」

どこの地方都市でも過疎化が問題になっているというのに、この島は例外らしい。


「――そこでなにをやっているのです」

穏やかな空気を切り裂くような声が響いた。

振り返ると、本堂の入り口に黒い着物と白い頭巾を纏《まと》った女が立っていた。年齢は六十代くらいだろうか。眉間に寄っている深い皺と口角の下がった唇が不機嫌さを露《あら》わにしている。背後には年配の尼が三人、膝をついて控えていた。

成香は慌てて女の前に跪《ひざまず》いた。

「気づかずに申し訳ありません、お母様」

この女性が成香の母親、つまり寺の現住職、九條華車。成香の母親にしてはずいぶん年老いているように見えた。華車は千里を一瞥《いちべつ》すると、すぐに成香に視線を戻した。

「質問に応えよ。余所者《よそ》をここへ上げていいと誰が許可したのか」

「それは私の判断で——あっ！」

華車は振り上げた杖で成香の足を強《した》かに打ち付けた。畳の上に倒れ込んだ成香に千里は慌てて駆け寄る。

「九條さん！」

「目黒さん……離れてください……」

成香に身体を押されて振り返ると華車がこちらに向かって再び杖を振り上げようとしていた。周りにいる尼たちは誰も止めようとしない。

「華車さん、そこまでにしておいたらいかがです？」

そこに現れたのは、朱色の袴を着た若い女だった。頭髪は他の尼と同じように頭巾で覆われている。背後には尼である桂子と、大柄な尼見習いの少女を引き連れていた。

「見子殿……」

「足の具合も悪いんでしょう？　身体に障《さわ》りますよ」

華車はしぶしぶ振り上げていた杖をおろす。

「成香、自分の立場をわきまえよ」

「申し訳ありません、お母様」

成香が畳に頭を擦り付けるようにして謝ると、華車は尼たちを引き連れ、奥の建物に渡っていった。

「九條さん、起きられますか」

「はい、ありがとうございます……」

千里が成香を抱え起こそうとしていると視線を感じた。そちらを見ると華車に『見子殿』と呼ばれていた袴の女性と目が合う。大きな目と小さな鼻。口角の上がった唇。とても派手な顔立ちだ。他の尼と違い、彼女は化粧をしている。

「見子様、参りましょう」

桂子が見子に声をかける。彼女たちが出て行くと、本堂に静寂が戻った。

「目黒さん、私たちも行きましょうか」

着物の裾を直した成香が、千里に言う。

「あ、はい……大丈夫ですか？」

「大丈夫ですよ。お恥ずかしいところをお見せしてしまって申し訳ありません」

弱々しく微笑む成香を見て、千里はすぐにこれが彼女の日常なのだと気づく。なにか気の利《き》いた言葉をかけたかったが、何も思い浮かばなかった。

本堂を出ると、うっすらと雪が積もりはじめていた。

「成香さま」

中年の尼が、成香の方へ近づいてきた。小声でなにかを伝えると急ぎ足で去っていく。成香は困ったような表情をして千里を振り返った。

「目黒さま、迎えの車が来られなくなってしまったそうです」

「え？」

「車の調子が悪いみたいで。明日の朝には来てもらえると思うので、今夜は寺に泊まってください。住職には私から話しておきますから」

突然のことに千里は困惑した。住職は千里のことを『余所者』と言っていた。歓迎されていないことをわかっている場所に泊まらなければならないのは、かなり気まずい。

「他に港に戻る手段はありませんか？」

「ごめんなさい。あいている車が他にないんです」

歩いて戻ろうかと考えたが、すぐに断念した。港までは距離がある上に、冬は日が短い。その上、スマホの電波が入るのは港周辺だけだ。

「店に連絡を入れたいので、電話をお借りしてもいいですか？」

千里が言うと、成香はさらに困ったような表情をした。

「もしかして電話がないとか……？」

「いえ……あるにはあるんですが電話は住職の私室の傍で……使っていただくのは難しくて……」

先ほどの華車の姿が蘇《よみがえ》る。成香の様子からして、おそらく寺の人間でさえ勝手に使うことは許されないのだろう。

「私の方からお店に連絡を入れさせてもらうので、それでもかまいませんか？」

千里はため息を押し殺し、「よろしくお願いします」と頭を下げた。

寺の隣に鬼が棲む

千里に用意された部屋は、寺の敷地の隅にあるかなり古いお堂の中にあった。戸の建付けが悪いのか隙間風が入る。しかし部屋の中は清潔に保たれていた。暖房代わりの火鉢もある。敷かれている布団もとてもいいものだ。

夕食にはお供え物の大根や人参、正月らしくするめや昆布の煮物が出た。千里に御膳を運んできたのは桂子だ。千里が礼を言っても反応はなかった。それはいいとして、食べ終わるまでじっと無言で見つめられたのにはさすがに閉口してしまった。その後はお堂の中にある浴室に案内された。湯船のない浴室は、大昔は蒸し風呂だったらしい。身体を軽く拭くくらいしかできなかったが、千里には十分だった。用意されていた白い着物に着替えて部屋に戻ると、午後の八時を回っていた。

「目黒さま、入ってもよろしいですか？」

自分の荷物を整理していると、襖の向こうから声がかかった。成香の声だ。ホッとしながら「どうぞ」と返事をすると、襖が開いた。

「寒くはありませんか？」

「はい。なにからなにまでありがとうございます」

成香は部屋で茶の準備をしていた桂子に「あとは私が」と声をかける。桂子は黙って頭を下げると、部屋を出て行った。

「お茶を淹れますね」

成香はそう言って、桂子にかわり茶の準備をはじめる。

「九條さん、お茶なら自分で淹れますから」

「私のことは成香と呼んでください」

期待を込めた目で見つめられ、千里は困惑した。

「……成香さん？」

「はい。千里さん」

成香は嬉しそうに笑った。だがすぐに神妙な面持ちになる。

「今日は本当にごめんなさい」

「え？」

「私の母……いえ、住職のことです。驚かれたでしょう？」

杖で叩かれていた成香を思い出し、千里はどう返事をすればいいのか迷った。

「言い訳になってしまうかもしれませんけど脚の調子が悪いせいか、ここ最近は気が立っているみたいなんです。千里さんにも失礼な態度をとってしまって」

千里に対する態度よりも、成香に対する態度の方が気になった。しかし仕事先の内情に他人がおいそれと口を出すべきではないだろう。余計なことをすれば、かえって成香が辛い立場に追い込まれる可能性もある。

「私は気にしてませんから。お母様は昔から脚が悪いんですか？」

「はい。年をとるにつれて悪化していて……。実は華車は母ではなく、祖母に当たるんです。華車には息子――私の父しか子供がいなかったので、孫の私が祖母と養子縁組して九條家の跡取りとなりました」

千里はこの島に根付いているという女系継承を思い出した。女が跡を継ぐというしきたりは、現在も守られているらしい。しかし由緒ある寺のただひとりの跡取りとしては、成香の待遇はあまりよくないように見える。

「千里さんは質屋のお仕事をされて長いんですか？」

千里の前に湯呑みを置きながら、成香が尋ねる。

「いえ、まだ半年です」

「これからも質屋でお仕事されるつもりなんですか？」

「そうですね、そのつもりです」

クビにならない限りはと心の中で付け加えつつ、千里は茶を飲んだ。いいお茶なのだろう。かなり甘い。千里の貧乏舌には慣れない味だ。

「千里さんはおいくつなんですか？」

「二十二です」

「私の方がひとつ年上なので、お姉さんですね」

成香はそう言ってにこにこと笑う。あどけない表情を見せる成香が千里よりも年上であることに少し驚いた。千里よりもしっかりしていることは間違いないが、纏う雰囲気は妹系である。寺暮らしで擦《す》れていないせいなのかもしれない。

「結婚は考えてらっしゃらないんですか？」

「結婚？」

千里は湯呑みから口を離した。

「いえ……考えてません」

「好きな人はいらっしゃらないんですか？」

「いないですけど……あの、それがなにか？」

千里が困惑しながら問い返すと、成香はしょんぼりと俯《うつむ》いてしまった。

「ごめんなさい……恋バナというものを一度してみたくて。つい個人的な質問をしてしまいました……」

思いもよらず成香が落ち込んでしまったので、千里は慌てる。

「そういう話は私よりも親しいお友達にした方がいいと思いますよ。プライベートなことですし……」

名家の子女が恋愛事情に関して初対面の人間に話したりするのはまずいのではないだろうか。付け込もうとする輩も出てくるかもしれない。

「私、お友達がいないんです」

「え？」

「学校には在籍していましたけど、たまに通うくらいで……教育はほとんどお寺の尼から受けていたので……」

寂しげな表情に既視感を覚える——そう、汀に似ているのだ。容姿ではなく、纏う雰囲気が。どちらも由緒ある家の娘という重い看板を背負っている。

「……私じゃ恋バナには物足りないかもしれませんけど、いいですか？」

千里が言うと、成香がぱっと笑顔になった。

「千里さん、本当に好きな人はいないいんですか？」

「はい、いません」

「気になっている人も？」

千里は脳裏に浮かんだ人物の顔を、慌てて打ち消した。

「いません。今は仕事をがんばりたいと思っているので」

なぜか成香は残念そうな顔をした。恋バナをしたいという裏には、人の恋の話を聞きたいという気持ちがあったのかもしれない。

「成香さんは好きな人はいないんですか？」

逆に質問してみると、成香はわかりやすく頬を染めた。

「子供の頃に出会って……私の初恋なんです」

「お付き合いはしてるんですか？」

成香の顔はわかりやすく曇った。

「それは……なかなか難しくて……」

成香の立場であれば、自由に恋愛することは難しいのだろう。宗介や汀もそうだ。彼らと知り合ってから、自分の自由さと気楽さが身に染《し》みてわかる。

「成香さま」

部屋の外から声がかかった。

「華車さまがお呼びです」

「すぐに参ります」

成香は千里に向き直ると、真剣な表情で耳元に顔を近づけた。

「部屋からは出ないようにしてくださいね。寺の人間は余所者に不親切なところがあるので」

成香が部屋を出て行くと、どっと疲れを感じた。慣れない場所で緊張していたのかもしれない。成香の淹れてくれたお茶はすっかり冷えていた。おそらく高いものなのだろうが、どうも苦手な味だ。千里は心の中で成香に謝りながら、残りのお茶を茶こぼしに捨てた。自分の水筒に茶が残っていたのを思い出し、それを飲み干してから布団に入る。

睡魔はすぐに訪れ、千里は眠りに落ちた。

＊＊＊

身体が揺れている。

いや、誰かに揺らされているのだ。意識が浮上する。とても寒い。目を覚まさなければと思うのに、瞼《まぶた》が重い。

「――目を覚ませッ！」


パンッ、と頬を叩かれ、千里はその衝撃で目を開けた。

視界に飛び込んできたのは、白髪の老婆の幽霊だった。幽霊などより生きている人間の方がずっと残酷で恐ろしいとはよく言うが、やはり実際に幽霊が出ればそれなりに、いや、ものすごく怖い。

「ひぃぃぃぃっ！」

千里は悲鳴をあげ、飛び起きた。ヒロインが上げるような可愛らしい悲鳴ではなく、どちらかというとホラー映画の序盤、殺され役が上げる恥もなにもない汚い悲鳴だ。幽霊は千里の悲鳴に動じることなく、じぃっと千里を見つめる。その右手には杖代わりの木の棒、左手には懐中電灯を持っていた。

「……シメさん？」

目の前に立っていたのは幽霊ではなく、寺に行く途中で出会ったシメだった。

「待って……これ、夢……じゃない？」

恐怖が消え、ようやく周りを見る余裕ができた。布団に入って眠ったはずなのに、今、千里がいるのは暗い山の中。それも着物ではなく、スーツとコート、靴まで履いている。

少し離れた場所には鞄《かばん》も放り投げられていた。千里は中に鑑定品が入っていることを思い出し、血の気が引く。烏島が得意客からの紹介で受けた仕事だ。鑑定品になにかあれば、彼の顔に泥を塗ることになる。

「か、かんていひんが……」

千里はよろよろと立ち上がり、鞄を手に取る。身体のあちこちが痛んだが、気にしている暇はない。震える手で中を確認すると、緩衝材に包まれた鑑定品が入っていた。千里がほっと胸を撫でおろしていると、背後で「おい」という低い声がした。

「行くぞ」

シメは千里に言うと、くるりと背を向けて歩きはじめた。今、雪はやんでいるが、いつ降り出すかわからない。このままここにいたら凍死してしまう。千里はポケットを探った。適当な木の枝にハンカチを結び付けてから、シメの後を追った。

シメは九十を越えているとは思えないほどしっかりした足取りで道なき道を進んでいく。千里はその小さな背中を見失わないよう、ついていくしかなかった。しばらく歩くと山小屋に辿り着いた。窓からはオレンジ色の明かりが漏れている。シメに続いて小屋の中に入る。広い土間には鍬《くわ》や斧《おの》、シャベルなどが無造作に置かれており、壁に渡した紐には大根や白菜が干してある。奥の部屋には囲炉裏があり、赤い炭がパチパチと音を立てていた。シメは囲炉裏に水の入った鍋をかけると、その中に缶を放り込んだ。

「さっさと上がらんか」

土間で立ち尽くしていた千里に、シメが言う。

「お……お邪魔します……」

千里はコートの雪を払い、部屋に上がった。シメに目顔で促され囲炉裏の前に座る。

かじかんだ足先や手を温めていると、毛布と湯煎された甘酒の缶が差し出された。

「あ……ありがとうございます」

熱い缶を両手で持つと、寒さでかじかんだ指先がじんわり温まる。プルタブを開け口をつけると、優しい甘さが舌の上に広がった。

「おいしい……」

甘酒をこんなにもおいしいと思ったのは、これがはじめてだった。視線を感じて顔を上げると、灰色の瞳がじっと千里を見つめていた。

「シメさんはどうしてあそこにいたんですか？」

「山に捨てられた子を拾うのはわしの役目よ」

どうやらシメは千里のことを捨て子だと思っているらしい。千里はこんな状況にも関わらず、笑ってしまった。ずいぶん育ちすぎた捨て子だが、分け隔てなく拾ってくれたシメには感謝しかない。

甘酒を飲み終わると、シメはいつの間にか囲炉裏の傍に敷いてあった布団に潜り込んで寝息を立てていた。

千里はスマホを確認する。今の時刻は深夜の三時。もちろん圏外だ。シメの家の中に電話は見当たらない。千里は連絡をとることを諦めた。今は身体を休めることを優先した方がいい。千里は湿っているストッキングを脱ぐためにベルトに手をかけた。そのとき覚えた違和感は、スラックスを脱ぐと確信に変わった。なぜ、という疑問がぐるぐると巡るが、頭が働かない。千里はコートを着たまま毛布にくるまると、囲炉裏の傍に横になる。すべては一眠りしてからだ。

甘酒の効果で緊張が緩んだのか、千里はすぐに睡魔に呑まれてしまった。

＊＊＊

千里が目を覚ますと、小屋の外はすっかり明るくなっていた。

スマホで時間を確認すると、朝の八時過ぎ。寒さを感じなかったのは、身体の上にいつの間にかかけられていた布団のおかげだろう。

千里は毛布と布団を片付けてから、身支度を整える。その際に自分の服や鞄に触れてみたが、ぼんやりした人影のようなものしか視ることができなかった。

家の中にシメの姿はなかった。千里は手帳のページを一枚破り、お礼の言葉を書いて置いていくことにした。

外に出ると、雲の隙間から太陽の光が差し込んでいた。昨夜は気づかなかったが、木の枝に赤い布がぶら下がっている。昨日、車から見た道標だ。それを辿っていくと山道に出ることができた。坂道を上って寺に戻るよりも、坂道を下って電波の入る港に戻る方がいいと判断した千里は、ギシギシと痛む身体に鞭打って歩きはじめる。

港に着いたのは昼過ぎだった。午後の船には乗りたい。その前に質屋と寺に連絡を入れなければならない。やるべきことが頭に浮かぶが、睡眠不足と疲れですぐに行動に移せなかった。とりあえず待合室で少し休もう――そう決めたとき、聞き覚えのある声がした。

「千里ちゃん！」

顔を上げると、グレージュのロングダウンを着た髪の長い女性が駆け寄ってくるところだった。

「鳩子《はとこ》さん……？」

露出のない服装に加え化粧もしていなかったため、一瞬誰かわからなかった。

「よかった、無事だったのね」

「鳩子さん、どうしてここに？」

「それはこっちの台詞《せりふ》！　廉ちゃんから千里ちゃんが帰ってこないって連絡があったから迎えに来たのよ。って、なんでそんなにボロボロなの？　頭に枝が……やだ、顔に擦り傷あるじゃない！」

怒濤《どとう》の勢いで喋《しゃべ》る鳩子の逞《たくま》しい腕に揺さぶられ、張り詰めていた緊張が緩む。頭が重い。疲労が一気に千里に襲いかかり、意識が遠くなっていく。

「すみません、鳩子さん」

「えっ、なによ」

「私、限界みたいです……」

その言葉を最後に、千里の意識は完全に落ちた。

目には目を歯には歯を

目を覚ますと、千里は水色の病衣を着せられてベッドの上に横たわっていた。

昨日から目が醒めるたびに違う場所にいるなと思いながら、辺りを見回す。部屋は落ち着いたインテリアで統一されていた。窓がないため外の景色はわからない。時間を確認するため身体を起こそうとすると、背中が痛んだ。思わず呻《うめ》くと、ベッドの横にある衝立《ついたて》の向こうから鳩子が顔を出した。

「千里ちゃん、起きたの？」

いつもは華美な服装が多いが、今日のベージュのタートルネックにスリムな黒のパンツというシンプルな装いもよく似合っていた。

「ベッド、起こすわね」

鳩子がベッド脇にあるコントローラーのボタンを押す。背もたれ部分が自動で上がり、おかげで千里は楽に身体を起こすことができた。

「あ……ありがとうございます」

「背中と腕、足に打撲痕、手と顔には擦り傷。幸い骨折はしてなかったけど、無理はしちゃだめよ」

そのとき、ドアがノックされた。鳩子が「どうぞー」と言うと、看護師の女性が顔を出す。

「『田中さん』、お目覚めになりました？」

田中とは誰だろうと思っていると、鳩子が「ちょうど今起きたとこよ」と答えた。

「じゃあ採血を。あ、やっぱり先に検尿をお願いします。そこのトイレに紙コップがあるんで。動けますか？」

田中というのは千里のことらしい。病室にはトイレまでついている豪華仕様だった。

使用料は一日いくらだろうと戦々恐々としながら検尿を済ませる。再びベッドに横になると、看護師がテキパキと血を抜いてくれた。

「鳩子さん、ここはどこですか？」

ふたりきりになってから、千里は鳩子に尋ねた。

「廉ちゃんの知り合いの病院。ここでのあなたの名前は『田中』だからよろしくね」

千里は頷いた。理由はわからないが、自分がここにいるということを知られない方がいいのだろう。

「鳩子さん、島まで迎えに来てくれてありがとうございました。……あの、烏島さんに頼まれたって言ってましたけど……」

「そうよ。廉ちゃんから男子禁制の寺だから私が適役だって」

鳩子の本名は鳩村剛《はとむらつよし》。グラマラスなボディは女性らしく美しいが、性別は男性である。本業はゲイバー『夜の鳥《よるちょう》』の経営者だが、副業として情報屋をやっていた。烏島もたびたび鳩子に仕事を依頼している。今回も鳩子に白羽の矢が立ったようだ。

「遠かったでしょう。船酔いしませんでしたか？」

「船は乗ってないわ。廉ちゃんがヘリを手配してくれたから」

千里はぎょっとする。

「ヘリを？　本当ですか？」

「そうよぉ」

ヘリをチャーター。一体どれくらいかかるのだろう。経費として落ちるのだろうか。

千里が青くなっていると、鳩子が心配そうに「大丈夫？」と声をかけてきた。

「もう少し寝た方がいいんじゃない？」

「いえ、とりあえず烏島さんにお礼と報告……あっ、鑑定品……！」

千里は大事なことを思い出した。鳩子が首を傾げる。

「鑑定品？」

「は、はい。島のお客様から預かった……あの、私の鞄はありますか？」

鳩子が部屋のドレッサーから千里のバッグを取り出し、渡してくれた。千里は礼を言い、急いで中身を確認する。依頼された鑑定の品は無事だった。千里はほっと胸を撫でおろす。

「なにが無事だって？」

「無事でよかった……」

黒ずくめの男が病室に入ってきた。

「烏島さん……」

黒いロングコート、首には手ざわりのよさそうな黒のマフラーを巻いている。烏島は外に出ることがほとんどないので、この姿はめずらしい。

「烏島さん、あの、申し訳」

「目黒くん、今きみには玖相寺の本尊を盗んだという疑いがかかっている」

千里は目を見開く。

「身に覚えはあるかい？」

「あ……ありません！　どうして私が疑われてるんですか？」

千里は首を横に振る。寝耳に水もいいところだ。

「今朝、寺から本尊が消えていることに尼が気づいたらしい。昨夜、きみが本堂から出てくるのを目撃した尼がいる」

「本堂で私を……？」

「おまけに余所者のきみは寺から黙って姿を消した。疑われる理由としては十分だろう？」

烏島も自分を疑っているのだろうか――心臓が凍り付くような気持ちになった。説明しなければと思うのに、言葉が出てこない。それに気づいたのか、鳩子が千里の肩を抱き寄せる。

「廉ちゃん、顔が怖いわ。千里ちゃんが怯えてるじゃない」

「僕はもともとこういう顔だ」

烏島はため息をつき、ベッド脇にある椅子に腰を下ろした。視線が合う。部屋に入ってきたときに纏っていた張り詰めたような空気は薄らいでいた。

「目黒くん、僕はきみがやったとは思っていない。あの島でなにがあったか詳しく説明してくれ」

説明することはできる。だが信じてもらえるだろうかという不安を覚えながらも、千里は口を開いた。

「あの、昨日、船に乗れなくなったことについては……」

「依頼人の九條さんから電話で連絡を受けたよ。迎えの車が故障したと」

「昨夜は寺で食事とお風呂をいただいて布団に入りました。でも目を覚ましたら布団に入ったときに着ていた着物じゃなく、服や靴を履いた状態で山の中で倒れていたんです」

鳩子が怪訝《けげん》な顔をする。

「千里ちゃん、寝てるのに着替えて外に出たの？　夢遊病の気でもあったりする？」

「ありません。誰かに着替えさせられたんだと思います」

「どうして言い切れる？　目を覚ますまでの記憶はないんだろう？」

烏島が怪訝な顔をするのも当然だ。

「ベルトの巻き方がいつもと反対だったんです。あと、その……ストッキングの中にシャツが押し込まれていて……私は絶対に中には入れないので」

「あ、あたしもよぉ！　中に入れるなんてありえないわ。シャツも皺になるし」

鳩子は千里に同意した後、ふと首を傾げる。

「でも、さすがに他人に着替えさせられたりしたら目を覚まさない？」

「薬を飲まされたんじゃないかな」

千里はぎょっとして烏島を見た。

「薬……？」

「そうだ。寺で何かを食べたり飲んだりした後、急に眠くなったりはしなかったかい？」

烏島に問われ、千里は寺での出来事を思い返す。そういえばお茶を飲んだ後、すぐに眠気がやってきた。

「……もしかしたら、寝る前に飲んだお茶かもしれません。飲んだ後に眠気が襲ってきて……あのときは疲れているせいだと思ったんですけど」

「誰が用意した？」

「茶葉や道具の用意をしてくれたのは寺の尼さんです。お茶を淹れてくれたのは依頼人の九條さんでした」

烏島に答えながらも、にわかには信じられない気持ちだった。尼は口をきいてくれなかったがしっかり世話を焼いてくれ、成香も親切にしてくれた。

「目黒くんが本尊を盗んで逃げる途中、山で滑落、凍死――というのが犯人の思い描いた筋書きかな」

「着替えさせたのも自ら出て行ったように見せかけるためね。死人に口なしだもの」

烏島と鳩子の話に、千里は背中に冷たい汗が流れるのを感じた。

「でも千里ちゃん、薬を飲まされていたのによく自力で目を覚ますことができたわね」

鳩子に言われ、千里の脳裏を過《よぎ》ったのは白髪の老婆の顔だ。

「私を叩き起こしてくれた人がいたんです」

「えっ、誰よ？」

「寺の近くに住んでるシメさんというお婆さんです。倒れていた私を家で休ませてくれました」

「そのお婆さん、なんで夜中に山の中にいたの？」

「昼夜問わず寺のまわりを歩いてるそうです。年齢は九十を越えていて……」

「ああ、なるほど。お年寄りの徘徊ね」

今思うと、お茶を全部飲まなかったことも結果的によかったのかもしれない。シメに起こされて、すぐに目を覚ますことができた。

「あたし帰るわ。お店があるから戻らないと」

鳩子はそう言って、ベッドから降りる。時刻は夜の七時を過ぎている。千里は鳩子を長時間拘束してしまったことを申し訳なく思った。

「鳩子さん、今日は本当にありがとうございました」

「いいのよ。これは仕事なんだから気にしないで」

鳩子は背を屈《かが》めて、千里の耳に口を近づけた。

「かなり怒ってるわよ」

「え？」

「しっかりご機嫌とりなさいね」

鳩子は意味深な笑みを残して、部屋を出て行った。烏島は椅子から立ち上がると、鳩子が座っていたベッドの端に腰を下ろした。

「目黒くん、鞄や服から犯人は視れるかい？」

千里は首を横に振る。

「昨夜、シメさんの家で確認してみたんですけど、人影のようなものがぼんやり視えただけでした」

もともと服などの日用品には人の思念が残りにくい傾向にあり、視ることが難しい。

「着替えさせて、山の中に放り出す。きみが小柄な方だとはいえ、意識を失っている人間を動かすのは重労働だ。普通に考えて女手ひとりでは無理だろう。複数の人間が犯行に関わっているはずだ」

「……寺ぐるみ、ってことですか？」

烏島は頷いた。

「とりあえず、きみはしばらく入院だよ」

「えっ？」

千里は驚いて烏島を見た。

「入院するほど大した怪我はしてません。あっ、それよりも鑑定を頼まれた品を烏島さんに――」

「目黒くん」

千里が鑑定品の硯を出そうとしたとき、その腕を烏島が摑《つか》んだ。

いつになく優しげな声がした。

「い……っ！」

痣《あざ》のある部分を大きな手のひらに圧迫されて、鋭い痛みが走った。

「どこが大丈夫だって？」

問い返す声は相変わらず優しい。それなのに腕を摑む力は強まり、千里は脂汗をかいた。

「だ、だって、ほ、骨も折れてないです、し……っ、烏島さん、痛いっ」

「僕はそういうことを言ってるんじゃないんだよ、目黒くん」

千里は涙ぐんで烏島を見上げた。

「大丈夫か大丈夫じゃないかは僕が判断する。きみが他人につけられた傷はどんなに軽いものでもすべて『大したこと』だ」

　不意に腕を摑む力が緩んだ。

「依頼を引き受けた僕の落ち度だ」

　烏島の表情はさえない。以前、質屋の二階に泥棒に入られたときも、確かこんな顔をしていたなと千里は懐かしく思い出す。

「烏島さんの落ち度なんかじゃありません。こんなことになるなんて誰も予想できないですし……」

　烏島のコレクションに対する並々ならぬ執着は知っているが、自分に対しても少しは向けられているのだろうかと思うと、心臓がどきどきした。

「そうだね。よく無事に戻ってきた」

　大きな手で頭を撫でられ、千里にようやく『帰ってきた』という感覚が湧いてくる。涙が零《こぼ》れそうになるのを堪《こら》え、千里は「はい」と頷くので精いっぱいだった。

「もう寝なさい。疲れているだろう」

「でも烏島さん、お寺の件は……」

「僕に任せて。きみの仕事は身体を休ませることだ」

烏島がベッドを倒し、千里に布団を掛ける。頭を撫でられているうちに、次第に睡魔が襲ってきた。

「――報いは必ず受けさせる」

烏島の呟きは、幸か不幸か、千里には聞こえなかった。

杜の棲家

三日間の入院生活は、快適そのものだった。

個室はバストイレ付。千里が借りているアパートの部屋よりも綺麗で広い。スマホは烏島に回収されていたため、千里は部屋に備え付けてある大画面のテレビで時間を潰しながら三食おいしい食事とデザートを食べ眠る生活を送った。病院のクリーニングから戻ってきたスーツのパンツのウエストがきつく感じるのは、おそらく気のせいではない。

「目黒くん、準備はできたかい？」

着替えと荷物の整理を済ませてソファに座っていると、病室に烏島がやってきた。

「はい」

「じゃあ行こうか。ああ、スマホ返しておくよ」

入院中、千里は烏島にスマホを回収されていた。頻繁に人と連絡をとる習慣はないので問題はなかった。そもそも烏島が仕事用に契約してくれたものなので、千里は料金を払っていない。烏島の厚意で、私用で使っていいと言われているだけだ。

千里は世話になった医者と看護師に挨拶してから、烏島と病院を出た。

「店に戻る前に寄るところがあるんだ。きみにも一緒に来てもらいたい」

「はい。どこに行くんですか?」

「七杜家《ななもり》だ」

想像もしていなかった場所だったので、千里は驚いた。

「なにかあったんですか?」

「玖相寺の件で、七杜家の当主に説明を求められている」

千里は息を呑む。

「……どうして七杜家から?」

「今回の仕事は七杜家の紹介で引き受けたんだ。玖相寺の住職を務める九條家とは古い付き合いらしくてね」

千里はようやく気づいた——昨年末、宗介の父親が口にした『九條のお嬢さん』は成香のことだったのだと。

＊＊＊

竹林に囲まれた私道を抜けると、美しい和洋折衷の邸宅が見える。

玄関前で烏島と千里を出迎えたのは執事の高木《たかぎ》だった。彼は烏島に続いてタクシーから降りた千里に気づくと、目を見開いた。

「目黒さま、ご無事だったのですね」

「え……？」

「宗介さまが心配しておられました。この三日間、目黒さまの行方がわからないままでしたので」

千里は隣にいる烏島を見上げる。だが烏島は千里の視線を無視し、高木に話しかけた。

「高木さん、七杜さんは？」

「九條のご当主とお話し中です」

烏島は目を眇《すが》める。

「九條さんが来ているんですか？」

「ええ。新年の挨拶に」

「わざと被るように僕を呼んだんですね」

高木は微笑を浮かべ「ご案内いたします」とだけ答えた。

「烏島さまがいらっしゃいました」

案内された客間は、広々とした洋室だった。壁には湖を描いた油絵が飾られており、中央にはとても高級そうなテーブルが置かれている。それを取り囲むように置かれた椅子には、七杜家の当主である元彰《もとあき》と宗介、九條家の当主である華車と娘の成香が座っていた。元彰と宗介は仕立てのよさそうなスーツ、華車は寺で見たのと同じ黒い着物姿だったが、成香は華やかな振り袖を着ていた。汀の振り袖姿と甲乙つけがたい美しさだ。

「どうぞこちらへ」

高木に勧められた椅子に、烏島と並んで座る。元彰以外の三人は、千里を見て明らかに驚いていた。

「質屋からすの店主をやっております、烏島です」

烏島が挨拶すると、華車が我にかえったように元彰を睨みつけた。

「元彰殿、そなたが呼んだのか？」

低い声で華車が元彰に尋ねる。九條の方にも烏島が来る話は通っていなかったようだ。

「当事者から話を聞くのが一番早い」

「妾《わらわ》の話を信じぬと言うのか」

「両者から話を聞かなければフェアではないというだけの話だ」

元彰はそう言うと、烏島に視線を向けた。

「烏島、おまえの店の従業員が鑑定品と本尊を寺から持ち逃げしたと報告を受けている」

烏島は紙袋から木の箱を取り出し、テーブルの上に置いた。中に入っているのは千里が成香から預かった硯だ。

「九條さん、こちらで間違いありませんか？」

烏島に問われた成香は、我にかえったように頷く。

「は、はい。私が千里さんにお預けしたもので間違いありません」

「こちら専門家の方で鑑定は済んでおりますのでお返しします。なにかわからないことがあればお問い合わせください」

烏島は成香に鑑定書を渡してから、華車を見た。

「これで疑いは晴れましたか」

「晴れるだと？　本尊についてはどう説明する」

華車に言われ、烏島はおおげさに肩を竦《すく》める。

「説明も何も、なぜうちの従業員が本尊を盗んだと疑われているのか逆に説明いただきたいくらいです」

「夜中にその女が本堂から出て行くのを寺の尼が目撃している。あの日、寺にいた余所者はその女だけだ。妾の娘が本堂に従業員を案内し、ご本尊を祀ってある場所も知っている」

「なるほど。そちらがうちの従業員を疑う理由はわかりました。それで？　犯人である証拠は？」

「聞こえなかったのか？　尼が目撃していると言っているだろう」

華車は苛立っていた。彼女にとって烏島と千里の登場はどうやら計算外だったようだ。

「実際に彼女がご本尊を持ち出す様子が映っている映像でもない限り、証拠にはなりませんよ。尼が誰かと見間違えたか、嘘をついている可能性もある。そもそも彼女には本尊を盗む理由がありません」

「理由はあるだろう。その女には前科があるではないか」

「前科とは？」

「隠すつもりか。以前勤めていた会社を横領でクビになっているだろう」

まさか華車から前の職場でのことを持ち出されるとは思わず、千里は驚いた。

「叔父も借金を抱えている」

「借金を抱えているのは叔父であって彼女ではありませんよ」

華車の侮蔑を含んだ視線が千里に向けられた。

「蛙の子は蛙だが、蛙の親戚も蛙。頭の悪さとだらしなさ、手癖の悪さは遺伝するものだ。どうせ金に困り、寺の宝物に目がくらんだのだろう？」

不思議と怒りは湧いてこなかった。新二が借金をしているのは事実である。金にだらしない親戚がいれば、色眼鏡で見られてしまうのは仕方のないことだ。

「お母様……そんな言い方はあまりにも……」

「成香、そなたに口を開くことは許していない」

華車が成香を一喝する。成香は「申し訳ありません」と弱々しい声で謝罪した。

「だいたい成香、そなたにも責任がある。質屋など卑しい金貸し屋。七杜家の紹介とはいえ、もっと慎重に依頼先を選ぶべきだっただろう」

千里は膝の上で拳をきつく握りしめる。普段外に出たがらない鳥島がこの場所に呼び出され、なおかついわれもない侮辱を受けているのは千里のせいだ。

「目黒くん」

優しい声に導かれるように顔を上げれば、鳥島と目が合った。

「先ほどからひどい言われようだけれど、なにか反論はあるかい？」

千里は華車を見つめる。

「質屋は卑しい仕事ではありません」

確かに鳥島の買い取りの趣味はいいとは言えない。だが、それを公にして楽しんでいるわけではなく、貸したお金は客の役に立っている。持ちつ持たれつの正当な商売だ。

「そもそも世の中に卑しい仕事は存在しません。心の中でどう思おうと自由ですが、品格を気にされているなら口には出さない方がいいと思います」

華車の顔が怒りで真っ赤に染まっていく。千里としては真っ当な意見を口にしたつもりだったが、癪《しゃく》に障ったようだ。ちらりと隣にいる烏島の様子を窺《うかが》うと、彼は珍しく驚いた表情で千里を見つめていた。

「目黒くん、もっと他に言うべきことがあるだろう？」

「他？」

千里が首を傾げると、烏島は「きみはそういう子だったね」と苦笑し、華車の方へと向き直る。

「ご住職。横領の件ですが、目黒くんは犯人ではありません。目黒くんの当時の上司とその愛人です。主犯である女は罪を認めていませんが多数の余罪と決定的な証拠があり、懲戒解雇後、刑事告訴され実刑になりました。共謀した愛人の男は自殺していますが、遺書に罪を認める告白を残しています」

児玉《こだま》が金券ショップから通報されたことは烏島から話を聞いて知っていたが、部長の佐々木《ささき》が自殺していたことは初めて知った。

「目黒くんはクビになったのではなく上司によって自主退職に追い込まれたんです。横領に気づいたのが彼女だったのでね。誰の話を鵜呑みにしたのかはわかりませんが、取得した情報が正しいかどうかはきっちり精査した方がよろしいですよ。名誉棄損で訴えられる可能性もありますから」

烏島はそう言って、黒い小さな端末をテーブルの上に置いた。華車が怪訝な顔をする。

「なんだ、それは」

「お母様、ボイスレコーダーだと思います……音声を記録する……」

成香から小声で耳打ちされた華車はカッと目を見開いた。

「元彰殿、これは九條家に対する脅しだ。このような卑怯な輩と付き合うのはやめていただきたい。今すぐに」

華車の怒りの矛先は、宗介の父親である元彰へと向かう。

「僕は別にかまいませんが」

華車の要求に応じたのは元彰ではなく、烏島だった。

「七杜家にご迷惑をおかけするのは僕の本意ではありません。こんな形で縁が切れてしまうのは誠に残念ではありますが——」

「烏島さん」

千里はとっさに烏島の腕を摑む。

「帰りましょう、烏島さん。仕事は終わりましたよね。これ以上、話を続ける意味はないはずです」

千里は烏島を見つめる。手のひらにじわりと汗が滲《にじ》むのを感じた。千里の無言の訴えを聞き入れてくれたのか、烏島は「そうだね」と頷き、席を立った。

「烏島」

烏島が足を止める。

「これからもよろしく頼むよ」

元彰の言葉に愕然としている華車の姿が目に入る。

「ご随意に」

烏島はそう言って、言葉を失っている華車に目をやる。

「九條さん。本尊の件ですが、納得できないのであれば出るところに出ていただいて結構ですよ。その場合、こちらも徹底的に抗戦する用意がありますので、それをお忘れなく」

＊＊＊

「相手を試すつもりなら、もっと穏便な方法をとってください」

質屋に戻ってから、千里は紅茶の準備をはじめた烏島に詰め寄った。

「なんの話だい？」

「七杜家と縁を切ると言い出したことです」

振り返った烏島が、意外そうに眉を上げた。

「おや、気づいてたのか」

「気づきます」

七杜家との関係を切るということで、烏島は九條家と七杜家との関係を推し測っていた。

「まあでも、切ってもいいと思ったのは本心だよ」

千里はぎょっとした。

「そんなことをしたら烏島さんの仕事に影響が」

「あると思うかい？」

小首を傾げる烏島に、千里は口籠もった。

「……神除市で仕事がやりづらくなるんじゃないかと思ったんです」

七杜グループは、建設、金融、病院、教育機関とさまざまな分野の関連企業を擁する。

烏島も以前、七杜家についてこの街を牛耳っていると評していた。

「なんだ、そんなことか」

「そんなことって」

「どんなに大きな圧力をかけたところで、小さく硬いものを潰すことはできない。それと同じさ。潰されるのはある程度大きさのあるものや、外観だけが大きくて中身がないものだけだ」

湯が沸いた。烏島は紅茶のポットとカップを取り出し、湯を注いで捨てる。茶葉を入れたポットに熱い湯を注ぎ、蓋をした。

「七杜家は大事な顧客じゃなかったんですか？」

「大事なのは客ではなく従業員《コレクション》だ。従業員《コレクション》のかわりはいないけれど、客のかわりはいくらでもいる」

烏島の口調に迷いは一切感じられない。本気なのだと思うと、少し恐ろしくなった。

「だいたい頭が悪いだの、蛙の親戚は蛙だの、あげくの果てには冤罪で犯罪者扱いだ。大事な従業員を貶《おとし》められて僕に黙っていろとでも？」

「貶めたのは九條家なので七杜家は関係ありません。それに貶められたのは私じゃなく烏島さんの仕事についてです」

千里は烏島の顔を覗き込み、強引に視線を合わせる。しばらくの間、無言の睨み合いが続いた。

「やけに冷静じゃないか。腹は立たなかったのかい？」

「まったく腹が立たなかったと言えば嘘になりますけど、頭が悪いのも叔父が借金しているのも本当のことですし……横領の件については間違った情報でしたけど」

烏島はため息をつき、ポットから紅茶を注ぐ。その美しい手つきは、何度見ても見惚《みと》れてしまうほどだ。

「そこが目黒くんのいいところなのかもしれないね」

「……頭が悪いところがですか？」

「頭が悪いと自覚してるところが、だよ。人間は自分が思っているほど頭が良い生き物じゃない。人に対して頭が悪いと軽率に評価を下してしまうのは、かえって己の頭の悪さを晒《さら》しているようなものだ」

千里はじとりとした視線を烏島に向けた。

「烏島さんにも言われましたよ。ストローヘッドだって」

「僕は人間じゃないからね」

「えっ？」

烏島は「冗談だよ」と笑い、千里に紅茶のカップを持たせた。

「それにストローヘッドは間違っていないだろう。きみは何も考えずに律義に呑み込みすぎなんだ。向けられる好意だけじゃなく悪意までね」

「そんなことはないと思いますけど……」

「冷めないうちに飲みなさい」

烏島に言われ、千里はカップに口をつける。ひと口飲むと、その香りと温かさに、身体の力が抜けるのを感じる。気がつかないうちに緊張していたようだ。

「九條家は警察に行くんでしょうか」

「行かないだろうね」

烏島ははっきりと否定した。

「警察に行くつもりがあるなら本尊が消えた時点で行ってるはずだ。だが華車が真っ先に連絡したのは七杜家なんだよ」

「……そうなんですか？」

「あれ、言ってなかったっけ？」

「聞いてません」

初耳だ。

「高木さんから目黒くんが寺から姿を消したと連絡があったんだ。飛女島の近くの無人島に七杜家が所有しているヘリポートがあるから、使用許可をもらって鳩子さんに迎えに行ってもらったんだよ」

「私が見つかったことはわざと報告しなかったんですね」

「九條家と繋《つな》がってる可能性があったからね」

千里が三日間行方不明になっていたのは、そういう背景があったからかと千里はようやく理解することができた。

「きみを寺に呼び寄せ、寺の宝物を盗んだ罪を着せる。九條の当主は『泥棒』を紹介した七杜家に責任を問うつもりだったんだろう。七杜の当主がわざわざあの場に僕を呼び出したおかげで、その目的は達成できなかったようだけれどね」

「なんで私が巻き込まれたんでしょう」

「きみが七杜家の跡取りが入れあげている人間だからじゃないかな」

千里は目を見開いた。

「九條家はきみのことを調べていた。宗介くんときみの関係も知ってるはずだ」

「ま、待ってください。宗介さんと私はなんの関係もありません！」

慌てる千里を、烏島は温度のない目で見つめる。

「きみはそう思っていても周りはそうは思わないだろう。九條家には年頃のお嬢さんがいる。宗介くんのそばにいる異性の存在は邪魔でしかないはずだ」

好きな人がいると恥ずかしそうに告白した成香の表情を千里は思い出した。あれは宗介のことだったのだろうか？

「七杜家と同様、あの家に集まる害虫も手段を選ばない。気をつけないと、あっという間に喰い散らかされてしまうよ」

七杜家と九條家

次の日、千里が質屋に出勤すると、二階の部屋に客が来ていた。

来客用のソファに座っていたのは宗介と成香だ。成香は着物ではなく、薄いピンクのワンピースを着ている。その隣に座っている宗介は制服姿だった。傍らに学校指定のコートと見覚えのあるマフラーが置いてあるのに気づいて、千里はギクリとする。

「千里さん、昨日は御迷惑をおかけしました」

千里に気づいた成香がソファから立ち上がり、頭を下げる。

「目黒くん、ちょうどよかった。こっちにおいで」

彼らの向かいのソファに座っていた烏島が千里を振り返り、手招きした。千里は急いでコートを脱ぎ、烏島の隣に座った。

「九條さんもおかけください。目黒くんも一緒に話を聞かせていただきますが、かまいませんか？」

「はい」

成香は心なしかやつれている気がした。隣にいる宗介も険しい顔をしている。ふたりとも、烏島の淹れた紅茶に口をつける様子はない。

「七杜家と九條家の跡取りが揃ってお出でになるとは。一体どういうご用件で？」

烏島が水を向けると、成香は緊張した面持ちで口を開いた。

「……数々の失礼をしておきながら図々しいと思われるのは承知の上でお願いにあがりました」

「どういうお願いでしょう」

「玖相寺のご本尊を捜していただきたいんです」

烏島は「本当になくなっていたのか」と小声で独《ひと》り言《ご》ちた。成香がきょとんと首を傾げる。

「あの……？」

「ああ、すみません。九條さんは目黒くんだと疑っておられるのではないんですか？」

笑顔で尋ねる烏島に、成香は気まずそうに目を伏せる。

「……住職はまだ疑っています」

「あなたは違うと？」

烏島に問われ、成香は「はい」とはっきり返事をした。

「本堂から出てくる千里さんを尼が目撃したという証言は確かにありました。ですが本堂は夜に施錠されるんです。鍵も壊れていませんでした。千里さんが中に入れたはずはないんです」

「そういうことは昨日、あの場で言っていただきたかったですね」

「……本当に申し訳ありません」

成香が頭を下げる。

「失礼ですが、玖相寺のご本尊は価値のあるものなんですか？」

「飛女島聖天と呼ばれる男天と女天の双身像です。七代先の子孫の繁栄を約束するほどの御利益があると言われています」

「お聖天様。歓喜天《かんぎてん》とも呼ばれていますね。多大な御利益があるかわりに供養法を誤れば御利益の何倍もの不幸に見舞われるという迷信もあるようですが」

「そういう話も確かにありますね……ですが玖相寺では住職と尼が正しく供養を行いますのでその心配はありません」

千里の脳裏を過ったのは『七柱の伝説』だった。正しく儀式が行われないと、神の逆鱗《げきりん》に触れる。何を信仰しようとも大きな御利益は大きなリスクと隣り合わせだということなのかもしれない。

「盗まれたとわかっているなら警察に届けるのが一番だと思いますが、そうできない理由でも？」

僅かな時間、成香の視線が躊躇うように彷徨《さまよ》う。

「……実は、ご本尊がどんなものかわからないんです」

烏島は怪訝な顔をした。

「わからないとはどういうことですか？」

「玖相寺の本尊は絶対秘仏なんです。寺が創建されてから本尊が御開帳されたことはただの一度もありません。本尊が双身像ということだけは情報として伝わっていますが、実物がどんなものかは住職でさえ知らないんです」

寺が創建されてからということは、平安時代から一度も本尊は御開帳されたことがないということになる。

「御前立《おまえだち》は？　絶対秘仏の場合はレプリカ、いえ、礼拝用の仏像を置いてあるところも多いようですが」

「玖相寺にはありません。資料も残されていないんです」

烏島は考え込むような表情になった。

「そもそも、どんなものかもわからないご本尊が、どうして盗まれたとわかったんですか？　絶対秘仏ということは厨子の扉は常に閉じられているはずですよね」

「朝、本堂の掃除に入った尼たちが厨子の扉が開いていることに気づいたんです。中には何も入っていなかったと……それで騒ぎになって」

そのときのことを思い出しているのか、成香の表情が曇る。

「うちに依頼することについて、ご住職は反対していないんですか？」

「……住職には話していません。宗介君に相談して、こちらに伺いました」

烏島はあからさまに困った表情を作った。

「ということは、寺の協力はいただけないということですね」

「私が協力します。可能な限りお礼もさせていただきます。どうか本尊の捜索をお願いできないでしょうか」

成香が烏島に頭を下げる。千里は華車に足を打たれていた成香の姿を思い出した。今回の件のせいで、成香は華車に辛く当たられているのではないだろうか。烏島が情に流されるような男ではないことを知っているだけに辛い。

「成香」

隣にいた宗介が成香の腕にそっと手をかけた。

「表に高木がいる。先にうちに戻ってろ」

「でも……」

「あとは俺が話をする」

成香はなにか言いたげな顔をしながらも、部屋を出て行った。

「宗介くんはずいぶん九條さんを大事にしているようだね。もしかしてきみの特別な人なのかい？」

宗介が烏島を睨みつける。

「その話は今回の依頼に関係あるのか？」

「ないね」

「なら答える義務もないな」

「僕が依頼を受ける義務もない」

烏島が素気《すげ》なく言うと、宗介は眉間に皺を寄せる。

「成香もリスクを背負って頼んでるんだ。本尊がどんなものかわからない上に失われたことが露見すれば、檀家からの信用を失う」

「檀家からの多額の寄付を失ってしまう、の間違いだろう？」

烏島と宗介の視線が絡む。

「飛女島は観光地でもなく、突出した産業があるわけでもない。その割には島の住民は裕福な暮らしを送っている。政治家や大企業、由緒ある名家——多くの檀家の寄付で生活が潤っているからだ」

　宗介は苦虫をかみつぶしたような顔をした。

「わざわざ調べたのかよ」

「九條家もわざわざ目黒くんについて調べていたんでね」

　烏島の言葉には、わかりやすい棘《とげ》があった。

「なぜ玖相寺の本尊について七杜家が関わる必要がある？　お父上の命令かい？」

「うちもあの寺の檀家だからだ」

「きみのお父上は信仰心の厚いタイプではなさそうだけどね」

「どれだけ意味がないと思っていたとしても、先祖代々続いてきたものに対し勝手に終止符は打てない」

「宗介くん」

　烏島が静かな声で名を呼んだ。

「僕に仕事を依頼したいなら、本当のことを話してくれないか」

　数秒の睨み合いの後、宗介はため息をついた。

「――来月、玖相寺で祈禱がある」

声を潜め、宗介が言う。

「祈禱？」

「七杜家の繁栄を祈る祈禱だ。七杜家の跡取りが数えで二十になる年の令月に寺で祈禱を受け、繁栄を祈る」

「初めて知ったよ」

「当然だ。七杜家と玖相寺の人間以外は知らない」

「そんな大事なことを僕に話してよかったのかい？」

「正直に話せと言ったのはおまえだろ」

呆れた顔をする宗介に、鳥島は「そうだったっけ？」とわざとらしく首を傾げる。

「祈禱は代が替わるたびに行われるのかい」

「いや、七代ごとだ。俺は七十七代目に当たる」

七十七代目——千里は改めて七杜家の歴史の長さに驚く。

「そうか。聖天様は七代先までの御利益を保証するんだったね。でもあそこの寺は男子禁制だろう？　きみは入ることができるのかい？」

「儀式のときに限って特例で寺に入ることができるんだ」

「へえ、ずいぶんと優遇されているね」

「玖相寺を創建したのは七杜家の当主だからな」

　そこではじめて烏島の表情が動いた。

「それは本当？」

「ああ、表向きは九條家が創建したことになってるが、金を出し、寺を作るよう命じたのは七代目当主の七杜宗徳《そうとく》だ」

「七代目はなぜわざわざ離島に寺を？」

「宗徳の息子が分家との跡目争いで立て続けに暗殺されたことがきっかけだ。その魂を弔《とむら》うための場所が必要だった」

　立て続けに暗殺。時代が時代とはいえ、千里は背筋が寒くなる。

「七杜家は神職を司る家系だろう？　どうして神社じゃなく寺なんだい？」

「神仏習合の影響――というのは表向きの理由で、あの頃は分家との抗争が激化していた。七杜の本家はこれまでに不審火で五度燃えてるが、そのうちの三回が七代目の宗徳のときに発生している」

　平安時代から続く七杜の本家が近代的な和洋折衷の造りになっているのは、火事による改築を繰り返したからだったのだろうか。

「九條家が創建したことにしたのも神社ではなく寺にしたのも、七杜家から切り離すためだったというわけか」

「そういうことだ。だが玖相寺の本尊は七杜家の宝物でもある。それが盗まれたとなれば見過ごせない」

烏島は考えるように唇に手を当てる。

「九條のお嬢さんの話からすると、寺の内部の人間の犯行であることは間違いない。わざわざうちに頼まなくても寺内で聞き取りすれば犯人は簡単に割り出せると思うけどね」

「無理だ。あの島で起こった都合の悪いことはすべて住職が隠蔽《いんぺい》する」

「寺の人間が犯人だと判明しても、住職は七杜家に隠し通すってことかい？」

「間違いなくな」

寺からの恩恵で島民の生活が成り立っている島。都合の悪いことを揉み消すのは容易《たやす》いのかもしれない。

烏島は「ふむ」と腕組みした。

「ご本尊がなんであるかは七杜家も知らないのかい？」

「ああ。資料も残っていなかった」

「どんなものかわからないものを捜せとは、さすがに無理があるよ」

「千里なら可能だろ」

宗介の視線が、今日初めて千里に向けられた。

「厨子に触れれば本尊がどんなものかも、それを持ち出した犯人もわかる」

千里が口を開く前に、烏島が「無理だよ」と言った。

「あくまで触れることができれば、の話だ。寺に余所者は入れない上に、協力は得られない」

「成香が協力する」

「それ以前に、僕は目黒くんをあの寺に行かせたくないんだ」

「なんでだよ」

「目黒くんはあの寺で薬を飲まされ、山の中に放り出されてるんだよ」

宗介が驚いたように千里を凝視する。

「……本当なのか？」

「嘘は言わない。病院の検査で目黒くんの身体から薬が検出されている。運が悪ければ彼女は死んでいた」

烏島はそこで言葉を切り、宗介を見つめた。

「七杜家を通じてうちに鑑定の仕事を依頼したのは九條のお嬢さんだ。寺の人間はもちろん、僕は彼女を信用していない」

重い沈黙が部屋を支配した。千里はこの空気を打破する言葉を探したが思いつかず、烏島と宗介の睨み合いを見守るしかなかった。

「――護衛をつける」

沈黙を破ったのは、宗介の方だった。

「護衛？」

「ああ。千里には七杜から護衛をつける。そして無事に帰すと約束する」

宗介が千里に向かって頭を下げた。

「頼む、力を貸してくれ」

＊＊＊

「きみは人が好《よ》すぎる」

千里は紅茶のカップを洗う手をとめた。振り返ると、烏島はデスクチェアに座り、窓の外をじっと見つめている。

「あの寺でなにをされたのか、まさか忘れたわけじゃないだろう？」

「忘れてません」

「じゃあなぜ引き受けた？」

その声に拗《す》ねているような響きが滲んでいるのは気のせいではないだろう。明日、千里が再び飛女島に向かうことになったからだ。

千里は濡れた手をタオルで拭ってから、烏島に近づいた。

「烏島さん、気になってるんじゃありませんか」

「僕が？」

ようやく烏島が千里と視線を合わせた。烏島が座っているため、貴重な上目遣いをいただいてしまう。

「玖相寺のご本尊についてです」

七杜家の七代目当主、七杜宗徳が玖相寺を創建したと聞いたとき、烏島の表情がわずかに動いたことに千里は気づいた。それに烏島は千里を寺に『行かせたくない』と言ったが、『行かせない』とは言わなかった。些細なことだが、そこに烏島の願望を感知したのだ。

「……まいったね」

烏島は苦笑した。

「あたってましたか？」

「気にならないと言えば嘘になるよ」

烏島はデスクの上の書類を手に取った。宗介が置いていったものだ。飛女島の詳しい地図や玖相寺の配置図が表記されている。

「七杜家とはそこそこの付き合いになるが、未だに謎が多い家だ。彼らの所有する資料や宝物には歴史的な価値がある。すべて公開してもらえれば、さまざまな方面で研究が進むと言われているんだ」

そういえば郷土資料館や美術館から資料提供の依頼がきているがすべて断っていると、以前宗介が話していたことを千里は思い出した。

「神職を司る七杜家が秘密裏に創建した寺の本尊となれば、それなりのものが祀られているはずだ。それも絶対秘仏ときている。信心深い関係者ならそんなものを暴くことをためらうだろうけど――」

そう言いながら、烏島が千里に視線を寄越す。

「私は信心深くない部外者です」

「本当に行ってくれるのかい？」

「はい」

烏島は椅子から立ち上がると、コートをかけている棚からマフラーを取り、千里の首にかけた。光沢のある漆黒の生地。肌に当たる感触は滑らかで、羽のように軽く、暖かい。

「島は寒いだろうからしていきなさい」

「でもこれ、烏島さんのじゃ……」

「あげるよ。きみのマフラーは誰かさんが使ってるみたいだしね」

千里はぎくりとして烏島を見上げる。

宗介は千里の安物のマフラーを巻いて帰った。烏島には気づかれていたらしい。悪いことをしているわけではないのに、なぜか落ち着かない気持ちになった。

「気をつけなさい。次、怪我をしたらきみは二度と太陽の光を見ることはないかもしれないよ」

「烏島さん、それ悪役の台詞ですよ」

冗談めかして千里は言うが、烏島は笑わなかった。

「僕を悪役にしないよう、せいぜい僕以外の人間に傷つけられないでくれ」

宇野の民宿は港近くの集落ではなく山側の少し入り組んだ場所にあった。

二階建ての鉄筋の建物はかなり古い。一階には客が自炊できる共同のキッチン、トイレ、風呂があり、二階に客の部屋がある。営業していた頃は、島に仕事で来る土木作業員などがよく泊まっていたらしい。

「足元、気をつけてくださいね」

千里が案内されたのは二階の角部屋だ。先に入った宇野がカーテンを開けると、寒々しい木々と灰色の雲が見えた。畳は日に焼け、色あせている。テーブルなどの備品はなく、石油ストーブと毛布が置かれていた。

「古いでしょ。十年前に閉めてから定期的に掃除はしてるんですけど、使ってないとどうしても建物が傷んでしまうんですよねえ」

「部屋を貸していただけるだけで本当に助かります」

深夜に動くため、なるべく寺に近い待機場所が必要だった。そこで宗介が成香に頼み、宇野の民宿の一室を借りられるように手配してくれたのだ。

「布団も食事も要らないとお聞きしたんですけど」

「はい。今晩部屋を貸していただけるだけで十分です」

携帯食と水は持ってきている。鳥島から飛女島で出されたものを食べたり飲んだりすることを禁じられたためだ。

「よかったらそこの石油ストーブを使ってください。ストーブを使う場合は換気するようにしてくださいね」

「はい。気をつけます」

成香がうまく話をしてくれたのか、千里がなんのために島に来たのか宇野から詮索《せんさく》されることはなかった。

「この建物の裏手の坂を上ったところに私の家があるので、もしなにかあったら来てください。少し距離があるから申し訳ないんだけど」

「なにからなにまでありがとうございます。あ、これどうぞ」

千里は神除市の港で買ってきた饅頭を宇野に渡した。

「まあ、私に？　ありがとうございます」

宇野がふっと表情を緩める。千里は首を傾げる。

「なにか？」

「いえね、久しぶりにお客さんが来るとやっぱり嬉しいものだと思って。この辺は島の人もほとんど立ち寄らない場所だから」

「そうなんですか？」

「ええ。うちは『卑女《いね》』だからこういう場所しか貸してもらえなくて」

「いね？」

「男子しか産めなかった女を『卑女』と言うんです。大昔この島は『卑女島』という名前だったんですよ。たぶんそこからきているんでしょうね」

宇野が説明する。

「この島は女系継承なので、女子を産んだ家は寺から祝い金や生活保障金をもらえるんですよ。でも男子しか産めなかったうちみたいな家はなんの保証もなくってね。商売するにも大地主である寺から貸してもらえるのは、こういう辺鄙《へんぴ》な場所なんです。大昔は男児が生まれたら、こっそり山に捨てに行く家もあったって」

千里は言葉を失った。女系継承が根付いているとは聞いていたが、まさかそんなペナルティがあるなどとは思ってもみなかった。

「その頃に比べれば今はずいぶんマシなんでしょうけど、うちに婿入りしてくれた元旦那は島の外の人だったから、そういう扱いに耐えられなかったみたい。当然ですよね」

「……宇野さんは島を出ようと考えたことはないんですか？」

宇野は首を横に振る。

「私が島を出たりしたら親や親戚が村八分《むらはちぶ》にされてしまうから」

「島を出るだけで？」

思わず大きな声を出してしまった。

「飛女島には女が家と墓を守るしきたりがあるんですよ。旦那から島の外で暮らそうって言われたときはすごく迷ったけど、親や親戚に迷惑をかけることを思うとどうしても一緒には行けなかった。せめて息子だけは自由に暮らしてほしいと思って旦那の方に引き取ってもらったんです。この島にいてもいいことないから……男は特にね」

淡々と話す宇野に、千里はかける言葉が見つからなかった。同時に、自分が宇野と同じ立場なら、きっと島を出る勇気はなかっただろうと思った。黙り込んだ千里に気づいた宇野が、バツの悪い表情をする。

「ごめんなさいねぇ。島の人間には絶対に言えないから、ついつい愚痴ってしまって」

「いえ……私こそ個人的なことを話させてしまってすみません」

「でも今は成香さまがいろいろと便宜を図ってくださるから大丈夫なんですよ」

宇野はしんみりした空気を打ち消すように明るく笑った。

「成香さんが？」

「はい。成香さまは本当に優しい方なんです。お母様を早くに亡くされていろいろご苦労も多かったのに」

祖母である華車と養子縁組したことは知っていたが、実の母親が亡くなっていたとは知らなかった。

「成香さんのお母様はどんな方だったんですか」

「寺の尼さんです。成香さまを産んですぐに亡くなってしまったんですけどね。寺が男子禁制だからお父様とは一緒には暮らせないし……だから成香さまはずっとおひとりなんです」

友人はいないと言っていた成香の横顔を思い出す。母親を亡くし、父親とも離れ、あの寺でずっとひとりで——想像するだけで胸が痛んだ。

「目黒さん、これからどうしますか？」

「あの、シメさんの家に行きたいんですが、ここから近いですか？」

「シメさんの家？　ここからだと歩いて二十分くらいかしら」

仕事に出るついでだからと、宇野が途中まで車に乗せてくれることになった。助手席に乗り込むと、宇野が車をゆっくりと発進させる。

「車の調子、よくなってよかったですね」

ハンドルを切っていた宇野は「車の調子？」と首を傾げる。

「成香さんから車の調子が悪くて動かないと聞いたんですが……もしかして宇野さんのことじゃなかったんでしょうか？」

千里が言うと、宇野は「あっ、そうなのよ」と慌てたように言った。

「冬はなかなかエンジンがかからないときがあって。古い車だから仕方ないんだけど……ごめんなさいねぇ、あの日はお迎えに行けなくて」

「いえ、いいんです」

車で数分走ると、木の枝に巻きつけた赤い布がはためいているのが見えた。そこから先は車では入れないため、宇野は心配してついていこうかと申し出てくれたのだが、仕事の邪魔をしたくないため断った。今日はスマホの電波の届かない場所でも使えるGPS端末と衛星携帯電話を持っている。烏島からもらったマフラーで防寒もばっちりだ。

港の方へ向かう宇野の車を見送ってから、千里は饅頭が入った紙袋を持って赤い道標を頼りにシメの家を目指した。

位置情報で現在地を確認しながら慎重に進むと、シメの山小屋が見えた。さらに奥に進むと、木の枝に結んだハンカチを見つける。千里は紙の地図とGPS端末とを見比べながら、自分が倒れていた場所を検証した。身体中に痣ができていることから、ここまで運ばれたわけではなく、上の方から転がされたようだ。千里はハンカチを回収してから、もと来た道を戻った。

「こんにちは」

小屋の前にシメの姿はあった。出かけるところだったのか、手には杖代わりの木の棒と懐中電灯を持っている。

「シメさん、このあいだはありがとうございました」

饅頭の入った袋を渡そうとしたが、シメは受け取ろうとせず、千里に背を向けて歩きはじめてしまった。

「どこへ行くんですか?」

千里が尋ねてもシメは足を止めない。千里は彼女についていくことにした。千里が倒れていた場所を通り過ぎ、山の岩肌が見える場所に辿り着く。千里は端末で現在位置を確認した。ちょうど寺の裏手に当たる場所だ。

岩には三角の裂け目のような穴があり、シメは躊躇うことなく中に入っていく。初めて訪れる場所なのに、千里は既視感を覚えた。そして気づく。ここは青珠《あおす》神社の元神主が『女の胎』と言っていた、あの洞穴の入り口に似ているのだと。千里は少し迷った後、鞄から懐中電灯を取り出し、シメの後を追った。

人ひとりが通れるような穴を数メートル進むと、広い空間に出た。シメは慣れた様子で岩壁のくぼみに立てられた蠟燭《ろうそく》にマッチで火をつけていく。閉ざされた空間だと思っていたが、かすかに風を感じた。ゆらゆら揺れる蠟燭の炎に照らし出されたのは、小さなお堂だ。扉の上部には紙垂《しで》のついた縄がかかっている。かなり古いが、すぐに人の手が入っているとわかった。

シメはお堂に入ると祭壇の蠟燭に火を灯す。

「シメさん、ここは……」

「神子堂《みこどう》だ。神の子を祀っとる」

中央には子供の石像が祀ってあり、その前には折り紙で折られた花と菓子がお供えされていた。よく見ると、石像には人の名前と思われるものが多数刻まれている。

シメは祭壇の前に跪くと手を合わせ、石像を見ながらブツブツとなにかを唱えはじめた。しばらく聞いているとそれはお経ではなく、石像に刻まれている名前を読み上げているのだと気づいた。シメの家は代々産婆をやっていたと宇野が言っていた。お産のときに亡くなった子を弔っているのかもしれない。

お堂の中にシメの低い声が響く。

千里に信仰心はない。だがなぜか、この空間から出ることができなかった。千里は饅頭を祭壇に供えると、シメの背後で手を合わせた。

＊＊＊

神子堂から民宿に戻ると、玄関に人影があった。

ドアにもたれるようにして立っていたのは、長身の男だった。質のよさそうな濃紺のコート、そしてそれに似つかわしくないマフラーを首に巻いている。

「宗介さん……？」

千里に気づいた宗介が、顔を上げた。艶やかな黒髪がさらりと揺れる。

「よお」

ゆっくりとした足取りで、宗介が近づいてくる。今日は平日だ。学校はどうしたのだろうか。

「宗介さん、どうしてここに？」

「民宿の車だ。成香に手配してもらった」

「ち、違います。どうやって来たかじゃなくて、どうしてここにいるかを聞いてるんです」

　宗介は不思議そうに首を傾げる。

「忘れたのか？　七杜から護衛をつけると言っただろ」

「それは知っています。護衛の方はどこですか？」

　千里が尋ねると、宗介はニヤリと笑った。

「おまえの目の前にいるだろ」

民宿の部屋で本堂に入るための段取りを確認していると、あっという間に夜になった。建物に電気は通っていないため、千里が持ち込んだＬＥＤランタンをつけた。オレンジ色の淡い光がぼんやりと狭い部屋を照らし出す。薄暗さは否めないが、なにか作業するわけではなく時間を潰すだけなので十分だ。

寺に向かうのは今から二時間後の深夜零時。成香からの情報では、尼の就寝時刻は夜十時、起床時刻は朝四時。監視カメラはなく警備員もいないとのことだった。大きな物音を立てるような行動をしなければ、まず見つかることはないだろう。

眠るつもりはないが、出発まで身体を休めておいた方がいい。千里は部屋の壁にもたれるようにして座った。宇野が置いていってくれた石油ストーブのおかげで部屋は暖かい。ランタンのゆらゆら揺れる光を見ながらうつらうつらしていると、部屋のドアが開いた。

「外はどうでしたか？」

「雲はかかっているが雪は降ってない。しかし冷えるな」

外の様子を見に行っていた宗介が中に入ってくる。首には相変わらず千里のマフラーが巻かれていた。返してもらう気はなかったが、巻くのはやめてほしいと切実に思った。だが、口には出せない。

「眠いなら寝ててもいいぞ」

ストーブに手をかざしていた宗介が千里を振り返った。

「あと数時間ですし起きてますよ」

「無理はするなよ。力を使うのはおまえなんだからな」

「はい」

以前は力を使うと立ち眩《くら》みや貧血に襲われていたことを宗介は知っている。

「寒くないか」

「大丈夫です」

首に巻いた烏島のマフラーが暖かい。やわらかい生地に鼻を埋めるとかすかな紅茶の香りがして、安心感に包まれる。しばらくそうしていると、視線を感じた。顔を上げると、宗介がじっとこちらを見つめている。

「どうかしましたか？」

「いや、寒くないならいい」

宗介は千里から少し距離を空けた場所に腰を下ろした。

「宗介さん、本当に私と一緒に行くつもりなんですか」

千里はもう一度、宗介に確認した。

「護衛なんだから当たり前だろうが」

「寺は男子禁制ですよ。見つかったらまずいんじゃないですか？」

「……九條と付き合いのある俺ならまあなんとかなる。それにおまえの『力』を知ってる俺が護衛についた方がいろいろとやりやすいだろ」

「それは……確かにそうですけど……」

千里の『力』を使うためには意識を集中させる必要がある。そのためどうしても無防備な時間帯ができてしまうのが難点だった。玖相寺は千里にとって完全にアウェイなので、『力』を知っている人間がそばにいてくれることは心強い。

「成香の協力もある。心配するなよ」

「成香さん、今回のことで住職に辛く当たられてませんか？」

「九條のババアのアレは昔からだ」

「昔から？」

眉を顰《ひそ》める千里に、宗介がちらりと視線を寄越す。

「この島では女系継承が重要視されてるのは知ってるか？」

「あ……はい」

　今日、宇野から聞いた。

「九條家は島の主として女系継承を守っていく立場だ。だが九條の当主は女子を産めなかった。だから息子の子、孫である成香と養子縁組したわけだ。成香は九條家のためには必要だが、同時に自分のコンプレックスを最も激しく刺激する存在でもある」

　女系継承が続く飛女島、女子を産めなかった家が『卑女』として差別されるこの地で、頂点に位置する九條家の当主が女子を産めなかった。成香に対する暴力は決して認められるものではないが、華車にかかる重圧は計り知れないものだ。

「はじめは成香の母親に当たってたようだが、その母親が死んでからは母親そっくりの成香に当たりはじめたってわけだ」

「……そうだったんですか」

　成香を目にするたび、華車は自分が成し遂げられなかったことを突き付けられている気分なのかもしれない。

「ああ見えて成香は強い。心配はいらねぇよ」

「宗介さんは成香さんのこと、よく理解してるんですね」

成香のことを話す宗介の口調には信頼が滲んでいる。警戒心の強い宗介にしては珍しいことだった。

「同士だからな」

「同士？」

「お互い面倒な家に生まれて、母親を亡くしてる」

面倒な家——不意に汀のことが頭を過る。正月に見た、追いつめられたような表情が今でも目に焼き付いている。宗介は知っているのだろうか。

「——千里」

名前を呼ばれ宗介を見る。黒い瞳が淡い光を反射してゆらゆらと揺れていた。思い出すのはクリスマスの夜。宗介は同じような表情で千里を見つめていた。できるだけ考えないようにしていた宗介とふたりきりという事実を、千里は急に意識してしまう。

「……なんですか？」

目が合ったままの数秒が、やけに長く感じた。

「……いや、なんでもない」

先に視線を逸《そ》らしたのは宗介だった。気まずい空気が消えたことに、千里はほっとする。

それから民宿を出るまで、千里と宗介の間に会話はなかった。

＊＊＊

民宿を出ると、空にかかっていた雲は消え、月がよく見えた。

冷え込んではいるが、空気が澄んでいて気持ちいい。白い息を吐きながら、千里は前を歩く宗介の背中を見つめる。大きくなったな、と思った。出会ったのは半年前。千里は変わらないのに、宗介だけが変わってしまったような気がしてならない。

「宗介君、こちらです」

寺に着くと、通用門から小柄な女性が姿を現した。白い着物の上に薄桃色の羽織を着た成香だった。

「成香、薄着で外に出るな」

宗介が苦い顔で言う。

「冬はいつもこれなんですよ。寒くないので平気です」

成香は宗介の後ろにいる千里に気づくと、頭を下げた。

「千里さん、来てくださって本当にありがとうございます」

「いえ。こちらこそ、いろいろ手配してくださってありがとうございました」

「こちらが無理を言ったんですから当然です」

一目で無理しているとわかる笑顔だった。寒さのせいなのか、それとも心労のせいなのか、とても顔色が悪い。

「成香さん、体調が悪そうですが大丈夫ですか？」

千里が尋ねると、成香はこくりと頷く。

「大丈夫ですよ。ちょっと緊張してるのかもしれません。では行きましょう」

成香の後について、寺の中に入る。境内は不気味なほど静まり返っていた。

「この時間、寺の人間は全員寝てるのか」

宗介が成香に尋ねた。

「はい。なにかない限り尼たちが建物の外に出てくることはありません」

月明かりに照らされた参道を避けるようにして本堂の裏手に回り、成香が持っていた鍵で扉を開ける。

「成香、おまえはここで待っていてくれ」

中に入ったところで、宗介が成香に言う。

「はい。もし誰か来たら知らせますね」

「頼む」

本堂は雨戸が閉められており、中は真っ暗だった。宗介と千里は壁に伝うようにして廊下を歩く。懐中電灯は灯りが漏れることを懸念してつけていない。

広間に入ると、線香と花の匂いが漂った。暗闇に次第に目が慣れ、まわりの様子が見えてくる。中央奥の祭壇。その上部にある細工の施された朱色の厨子。扉はきっちり閉められていた。

「千里」

宗介に呼ばれ、千里は祭壇の前に回り、少し高い場所にある厨子の扉に手を伸ばす。目を閉じようとしたそのとき、千里の視界がブレた。映像が二重に見える。視覚から入ってくる『現在』の映像と、脳に直接流れ込んでくる『過去』の映像が重なっているのだ。

驚いた千里は、厨子から手を放した。

視えすぎている――この感覚は、今まで二度経験したことがあった。質屋のドアに触れ『力』を使おうとしたときと、ある人形師の店で『力』を使おうとしたときだ。

「どうかしたのか？」

宗介に声をかけられ、千里は再度、厨子に触れる。

「……なんでもありません。視てみますね」

千里は深呼吸し、『現在』の視覚情報を追い出すために目を閉じる。

しばらくすると袴を着た女の姿が視えた。特徴的な袴の色には覚えがある。周囲の様子を窺いながら厨子の扉を開けると、中に入っていたものを布に包み、立ち去った。

「視えたか？」

千里は目を開け、宗介を振り返った。

「朱色の袴を着た女性がご本尊を持ち出しました。たぶん、見子と呼ばれていた人だと思います」

宗介の眉間に深い皺が寄る。

「本尊はどんなものだった？」

「円形の平べったい金属の板のようなものでした」

宗介が突然厨子の扉を開き、千里は驚いた。

「宗介さん、厨子を開けてはいけないんじゃ」

「既に一度開けられてるんだ。今更だろ」

宗介がライトで厨子の中を照らす。金箔の貼られた内部には何も入っていない。線香の匂いにまじり、かすかに埃の匂いがした。

「犯人はわかった。出るぞ」

宗介はそう言って、厨子の扉を閉じる。長居するのは危険だ。宗介と一緒に裏口へ戻ると、成香がこちらを振り返った。

「なにかわかりましたか？」

「本尊を持ち出したのは見子だ」

成香は真っ青になった。

「……それは本当ですか？」

声はか細く、震えている。

「本人に確かめるしかないな。見子と話はできそうか？」

そのとき、成香の細い身体がグラリと揺れた。

「成香さん！」

千里が手を伸ばす前に、頽《くずお》れた成香の身体を宗介が抱きとめた。間一髪だ。千里はほっとする。

「おい、成香。どうした？」

「すみません……少し気分が………」

宗介の腕に抱えられた成香は、顔色だけでなく、唇まで真っ青になっていた。寒さのせいだけではない。心労からくる不調なのではないだろうか。

「宗介さん、成香さんを部屋まで送ってあげてください」

宗介が驚いたように千里を振り返る。

「私は先に民宿に戻ります。この寺で見つかるとまずいのは私の方ですし」

最悪宗介が見つかってもなにかしら言い訳が立ちそうだが、千里の場合そうはいかない。

「だが……」

「私はひとりでも大丈夫です。成香さんをお願いします」

千里は躊躇っている宗介の背中を押す。本堂に長居するのがまずいことは宗介も理解しているはずだ。

「……わかった。気をつけろよ」

「はい。宗介さんも」

宗介はぐったりしている成香の身体を抱え上げ、本堂を出る。それを見届けてから、千里は通用門の方へ向かった。

「――けて」

通用門を抜けようとしたとき、小さな声が聞こえてきた。千里は足を止める。辺りを見回すと、今度ははっきり「たすけて」という声が聞こえてきた。おそるおそる声のした方へ近づくと、植え込みの陰に女が座り込んでいた。寺の敷地を囲う土塀にもたれるようにして、ひゅーひゅーとか細い呼吸を繰り返している。寝間着に羽織、素足に下駄。寝床からそのまま抜け出してきたような格好だった。くるくるとカールした短い髪はくせ毛だろうか。助けを呼ぶ声は幼い子のように頼りなかった。

「たすけて……」

すぐにここから立ち去るべきだ。千里の頭の中でもうひとりの自分が訴えている。だが泣きながら助けを求める声を聞くと、見て見ぬフリをすることはできなかった。

「大丈夫ですか」

女が顔を上げた。見覚えがある。見子と一緒にいた尼見習いの少女だ。涙を浮かべた目には混乱と恐怖が浮かんでいる。明らかに普通の状態ではない。

「――っ？」

千里が少女に近づこうとしたとき、突然、背中に衝撃を受けた。頭からうつぶせに地面に倒れ込む。運悪く傍にあった拳ほどの大きさの石に額を強かに打ち付け、目の前に星が散った。

「……っ、う……」

痛む額を押さえながら千里はよろよろと上半身を起こした。後ろを振り返る。そこに立っていたのは桂子だった。彼女も寝間着姿だった。頭巾はしておらず、短い頭髪が露わになっている。着物の裾は乱れ、太ももまで丸出しになっていた。千里は自分が彼女に蹴り飛ばされたのだと気づいた。

「ここで見たことは忘れなさい」

「……え?」

「私もあなたがここにいたことを忘れるから。いいわね?」

桂子は千里にそう凄むと、座り込んでいた少女を強引に引きずるようにして建物の方へと戻っていった。千里は追いかけなかった。桂子の真意は不明だが、騒ぎになれば不利になるのはこちらだ。今のうちに寺から離れた方がいい。

立ち上がろうとしたとき、視界の端にキラリと光るものが映った。少女が座り込んでいた場所だ。手に取ると、それはシルバーの細いパイプだった。ボールペンに似ているが芯のようなものはない。胴体の一部が透明の容器になっており、そこに琥珀《こはく》色の液体が入っている。

千里はそれをコートのポケットに入れ、急ぎ足で寺を後にした。

＊＊＊

「朱色の袴の女がご本尊を持ち出した、ね」

朝のフェリーに乗って神除市に戻ってきた千里は、玖相寺の本堂で視たことをすべて鳥島に報告した。

「寺で朱色の袴を着ているのは『見子』と呼ばれている女性だけなんだね」

「はい」

「彼女が本堂の厨子から持ち去ったのは円形の金属の板のようなもの」

「はい」

「他に厨子を開けた人間は？」

「私が視ることができた限りではいませんでした」

ひと通り確認した鳥島は「ふむ」と長い指を顎に当てる。

「飛女島聖天は双身像という話だったけれど、どうやら違うようだね」

「はい……一体どういうことなんでしょうか」

「代々そう言い伝えられてきたのなら、双身像だと思い込むだろう。ご本尊は絶対秘仏だ。厨子を開けない限りは、それが『真実』になる」

創建されてから一度も御開帳されていないというご本尊。絶対的な信仰の対象であるはずなのに、ひどく曖昧な境界に存在している。

「見子が犯人だとわかったが、彼女が盗んだという証拠があるわけじゃない。九條のお嬢さんがうまく聞き出してくれればいいんだけどね」

「……難しい気がします」

千里が言うと、烏島が目を上げた。

「なにか思い当たることでも？」

「玖相寺の住職でさえ『見子』には気を遣っている様子でした。それに寺での成香さんの立場はあまりいいものではないようなので……」

「九條のお嬢さんよりも見子の方が立場が上？」

「……たぶん」

烏島は腕を組んだ。

「証拠を摑むにしても、あの寺できみが自由に行動するのは不可能だ」

「はい」

「こちらができることはやった。あとは宗介くんがなんとかするだろう。他に報告は？」

「……今回の件には関係ないんですけど」

千里は鞄からハンカチにくるんだものを取り出した。

「加熱式のパイプだね。これ、どうしたの？」

「拾ったんです。寺を出るときに泣きながら助けを求めている尼見習いの女の子がいて。彼女がこれを吸っていたんです」

烏島がちらりと千里に視線を寄越した。

「視たのかい？」

「すみません。気になってしまって……最初は電子タバコかと思ったんですけど、それにしては様子がおかしかったので」

民宿に戻ってからパイプに触れ、原因を確かめた。視えたのは、周りを気にしながらパイプを咥《くわ》える少女の姿。吸いはじめは普通だったが、途中からだんだん呼吸が荒くなり、パニックに襲われているようだった。

「きみのことだ。どうせ放っておけなかったんだろう？」

「……すみません」

「謝らなくていい。彼女を助けたのかい？」

「いいえ。ちょうど寺の尼さんと鉢合わせして、彼女がその子を連れていったんです」

「尼が？」

「はい。私が寺に泊まったときに部屋や食事の用意をしてくれた人です」

パイプを弄《いじ》っていた烏島が顔を上げる。

「その尼はきみを見て人を呼ぼうとはしなかった？」

「はい。ここで見たことは忘れろと言われて……」

烏島はパイプを照明にかざす。琥珀色の液体がゆらゆらと揺れた。

「その尼もこれと同じものを吸っているのかもしれないね」

「尼も？」

「うん。余所者のきみがいたにも関わらず少女を連れていくことを優先した。騒ぎになって、少女の様子がおかしくなった原因を知られたらまずいからだ」

言われてみれば、桂子が少女の異常に動じている様子はなかった。

「こういうものは部屋でやると匂いが残る。おそらくそこは秘密の喫煙スポットだったんじゃないかな。尼はなかなか戻ってこない少女の様子を見に来て、きみと鉢合わせた」

「この液体は、たぶん危険なものなんですよね？」

「症状からして、煙草やアロマの類いじゃなさそうだ。鳩子さんに調べてもらうよ。こういうものは彼女の方が詳しい」

烏島はそう言って、パイプを封筒に入れる。

「報告は以上？」

「以上です」

「その額の怪我については、まだ報告を受けていない気がするんだけどね」

千里は反射的に自分の額を押さえる。

「前髪でうまく隠したつもりだったんだろうけど、血の匂いまでは隠せない。残念だったね、目黒くん」

口元には微笑を湛《たた》えているが、その目は笑っていなかった。千里の背中に冷たい汗が流れる。

「あの、私、隠していたつもりは……」

「僕の目を見て、なかったとはっきり言えるかい？」

烏島の眼光に気圧《けお》され、千里は観念するしかなかった。

「実は尼さんと鉢合わせしたときに、蹴り飛ばされたんです。運悪く地面の石で切ってしまって……」

「七杜が用意した護衛はなにをやってた？」

千里は返事に窮する。一瞬の間で、烏島はすべてを察したようだ。

「なるほど。宗介くんが来たのか。無事に帰すと言っていたけど、結局は口だけだったようだ」

「違うんです、烏島さん。これには理由があって」

「理由？」

烏島から向けられる鋭い視線に怖気《おじけ》づく。しかし、引くことはできなかった。

「成香さんが体調を崩したので、宗介さんに彼女を部屋まで送ってもらったんです」

「きみをひとりにして九條のお嬢さんを優先した？」

「宗介さんに頼んだのは私です。怪我をしたのは私が余計なおせっかいを焼いたせいなので、誰のせいでもありません」

まっすぐに民宿に戻っていれば、怪我をすることはなかったのだ。

「本当にすみませんでした」

千里が謝ると、烏島は大きなため息をついた。

「宗介くんは？　一緒に帰ってきたのかい？」

「いえ……朝になっても民宿に戻ってこなかったので」

「九條のお嬢さんのところで一晩一緒に過ごしたのか」

どこか意味深な言い方に、千里は動揺した。それに気づいた烏島が、首を傾げる。

「どうかした？」

「なんでもありません」

千里は誤魔化すように笑った。

『子供の頃に出会って……私の初恋なんです』

成香の言葉が蘇る。成香の好きな人というのは、間違いなく宗介のことだろう。宗介も成香を憎からず思っているようだった。ふたりが親密な関係になっても、まったく不思議はないのだ。

「ところで目黒くん」

「あ、はい。なんでしょう」

ぼんやりしていた千里は、ハッとして烏島に向き直る。そこには不穏すぎるほどまぶしい烏島の笑顔があった。

「次、怪我したらどうなるかって話は覚えているかい？」

飛女島の宝珠

翌日、千里が質屋に出勤すると、来客用のソファに成香の姿があった。

「千里さん、こんにちは」

千里に気づいた成香が立ち上がる。今日は上品なピンクベージュのセットアップという少し大人っぽい装いだ。成香の愛らしい顔立ちによく似合っていた。

「一昨日はありがとうございました」

「いえ……それより成香さん、もう体調はいいんですか？」

寺で倒れたときよりも顔色はましにはなっていたが、やつれた印象は変わらない。

「はい。十分休んだので。ご心配をおかけしました。……あの、千里さん。その額はどうされたんですか？」

成香の視線が自分の額に向けられていることに気づく。

「あ、これは不注意で怪我してしまったんです。絆創膏《ばんそうこう》が大きいだけで傷は大したことないですから」

昨日、烏島から質屋の隣にある病院に行くよう命じられた。ただの切り傷だと訴えたのだが、真顔で「太陽の下に出たくないんだね？」と凄まれ、従うしかなかった。

「そういえば、寺では宗介君が千里さんの護衛についていたんですよね。ひとりにさせてごめんなさい」

「いえ、いいんです。あの後どうなりましたか？」

「宗介君は朝まで私のそばについていてくれました」

なにかを含むような言い方だった。

「気になりますか？」

「え……？」

そのとき、部屋のドアが開いた。

「お待たせしました、九條さん」

姿を見せたのは烏島だった。

「申し訳ない。今日は来客が多くて」

「気になさらないでください。突然お邪魔したのは私の方なんですから」

恐縮したように成香が言うと、烏島はにこりと微笑み、隣にいる千里に目をやった。

「目黒くん、座りなさい。九條さんから話があるそうだ」

「あっ、はい」

千里は来客用のソファに烏島と並んで座る。

「今日は船でこちらにいらっしゃったんですか？」

烏島が尋ねた。

「いえ、ヘリです。天気のいいときは船より便利なので。学校に通っていたときもよく使っていました」

「飛女島の近くの無人島に七杜の関連企業のヘリポートがありますね」

「はい。島の外に出るときは利用させてもらっているんです」

ヘリで移動するにはかなりのお金がかかることを千里は知っている。こっそりチャーター代を調べたからだ。烏島からは『必要経費』ということで請求されることはなかったが、金額を知ったときは申し訳ない気持ちでいっぱいになった。

「今日は寺のご本尊の件で？」

「はい」

「犯人と思われる人物から話は聞き出せましたか」

成香は首を横に振る。

「……見子は寺から消えました」

さすがの烏島もこれには驚いたようだった。もちろん千里も同じだ。

「いつのことですか？」

「住職と一緒に七杜家に来た日です。昼食を運んだ世話係が、部屋に彼女の姿がないことに気づいたそうです。尼総出で寺の敷地内を捜しましたが今も見つかっていません。宗介君から見子がご本尊を持ち出した可能性があると聞いて……やはり彼女が犯人だったのかと……」

烏島が目を眇める。

「やはりということは、なにか心当たりでも？」

「ご本尊がなくなった際に千里さんを本堂で目撃したと証言した尼は、見子の世話係だったんです。見子は自分の犯行を隠すために嘘の証言をさせて、千里さんに罪を擦り付けようとしたんじゃないかと……」

「その尼は嘘の証言をしたと認めたんですか」

「いいえ、認めていません。でも見子に心酔していたので、あり得ると思うんです」

あの華車でさえ見子には気を遣っているように見えた。尼も心酔してしまうほどに見子の存在は大きいようだ。

「ですが見子は寺の人間でしょう。大事な信仰対象を持ち出す動機が彼女にはあったと？」

「彼女にとっては信仰対象ではなかったと思います」

「なぜそう言い切れるんですか？」

「竜子《りゅうこ》さんは島の外の人なんです」

「竜子？」

烏島が首を傾げる。

「すみません、説明していませんでしたね。『見子』というのは役職のことなんです。彼女の名前は小石《こいし》竜子。二か月前から寺の見子をつとめています」

ずいぶんと最近だ。よくあの住職が受け入れたものだと千里は思った。

「ご住職がよく余所者を寺に受け入れましたね」

「……住職は小石さんのことを見子の生まれ変わりだと」

「生まれ変わり？」

烏島が怪訝な顔をする。

「見子は島の宝珠《ほうじゅ》とも呼ばれる、寺にとって秘蔵の存在。寺の御祈禱では重要なお役目をつとめます。竜子さんは九條家の当主と見子の役職についた者しか知らないはずの事柄を多く知っていました」

「先代の見子から情報が漏れていた可能性はないんですか」

成香は首を横に振る。

「それはありえません。先代の見子は江戸末期に亡くなっているんです。見子の血筋は彼女で途切れたまま、現在に至ります」

「見子の役職は血筋での継承なんですか？」

烏島の質問に成香は一瞬、言いよどんだ。

「そういうわけではないのですが……見子は特殊な目を持っていて、その見子から同じ目を持つ女児が生まれることが多かったんです」

「特殊な目？」

「『竜眼《りゅうがん》』と呼ばれる、世の中のことをすべて見通す目です」

世の中のことをすべて見通すという言葉に、千里の心臓がドキリと跳ねる。

「竜子さんは竜眼を持っていたんですか」

「……本人の話では。御祈禱の内容など、すべて竜眼で霊視して知ったそうです。寺にやってきたのも霊視中に導かれたからだと……」

「九條さん、あなたは信じていないようですね」

烏島の問いに、成香は気まずそうに目を伏せる。

「……竜眼は言い伝えにすぎないので……住職は信じていますけれど」

成香個人としては信じていないが、寺の人間としては否定することはできないのだろう。

「見子の血筋ですが、どうして途切れたんですか？」

「江戸末期に本堂が不審火で燃えているんです。最後の見子はその火事に巻き込まれて亡くなりました」

「本堂が？　ご本尊は無事だったんですか？」

「はい。建物の全焼は免れましたので」

烏島は唇に指を当て、しばらく黙り込んだ。その様子を不安そうに見守っていた成香がしびれを切らしたように「烏島さま」と声をかける。

「寺のご本尊は必ず取り戻さなければなりません。どうか彼女の行方を捜していただけませんか？」

烏島は唇から指を外し、成香に向き直る。

「それはかまいませんが、見子が見つかった場合はどうなさるおつもりなんですか？」

「もちろん見子の役職からは降りてもらいます」

「ですが来月、七杜家の御祈禱があるのでしょう。見子が必要なのでは？」

その問いに、成香は表情を曇らせる。

「……そこは柔軟に対応します。見子のかわりがいないとしても盗みを働くような方を見子の座に据えておくことはできません」

思いの外《ほか》、強い口調だった。

「では警察に？」

「いえ、警察には届けず寺で預かります。人間はやり直せますから。信仰とは赦《ゆる》しです。改心してもらえれば罪に問う気はありません」

慈愛のこもった笑みを見せる成香はまるで仏のようだった。

「小石竜子さんですが、彼女の身元を証明するものや写真などはありますか？」

「ありません。もしかしたら偽名の可能性もあるかもしれません」

「寺に来る前は何をしていたかはご存じですか？　交友関係や住んでいた場所など、なんでもかまいません」

「父親が早くに亡くなったので、病弱な母親を支えながら働いていたと……詳しい交友関係は知りません。出身は神除市だと聞いています」

「他に彼女にしかない特徴などはありますか？」

成香は少し躊躇ったように口を噤《つぐ》む。それに気づいた烏島が、首を傾げた。

「なにか？」

「……背中に刺青《いれずみ》を入れていました」

「刺青？　どのようなものですか」

「竜の刺青です。腰から背骨にかけて……」

日本では刺青が入っていると利用できない施設や就けない職がある。一般的に受け入れられてはいない文化だ。飛女島のような閉鎖的な島ではなおさらだろう。

「ご住職は刺青のことを知っているんですか？」

「知らないと思います。竜子さんは隠しているようでしたから……私もたまたま見てしまって知ったので」

成香から聞き出せた竜子の情報はそれだけだった。だが烏島であればすぐに竜子の素性を摑むだろうと千里は思った。

「九條さん、連絡はどちらにさせていただきましょうか？　寺では携帯電話などの通信機器は使えないようですが」

「しばらく七杜家に滞在する予定なんです。そちらにお願いできますか？」

「かしこまりました。九條さんは宗介くんとずいぶん親しいようですね」

烏島の言葉を受けて、それまでどこか硬かった成香の表情が柔らかく解ける。

「はい。小さなころから知っていますし、お互い通じ合うところがあって……」

「彼の婚約者候補にあなたの名前も挙がっていると噂で聞きましたよ」

「噂になっているんですね……とても光栄に思います」

そう言いながら、成香は千里の様子を窺うように見る。円らな瞳にじっと見つめられ、千里は困惑した。

「成香、話は終わったのか？」

ノックの後、ドアが開いた。顔を出したのは宗介だ。制服ではなく、濃いグレーのスーツ姿だった。

「はい、ついさっき終わったところです」

「下に高木がいる。先に車に乗っていてくれ」

「宗介君は？」

「すぐに追いかける」

成香が出て行ってから、宗介は烏島に目をやった。

「烏島、見子の件だが」

「捜索を引き受けさせてもらうよ。見子を見つければ本尊も見つかる、だろう？」

「ああ。見子が見つかったら寺に引き渡す前に俺に連絡をくれ」

「九條のお嬢さんからも七杜家に連絡するよう言われたよ」

そのとき宗介と千里の視線が重なった。切れ長の目がなにかに気づいたように見開かれる。

「千里、おまえ、その額はどうしたんだ？」

「え？　あっ……」

しまったと思うが、もう遅い。

「寺に調査に行ったときに怪我をさせられたんだよ」

千里は烏島を振り返る。視線で訴えると、烏島はにこりと笑った。

「ひとりになったところで寺の尼に蹴り飛ばされたらしい」

「寺の尼に？」

驚いた表情で宗介が問い返す。

「宗介くん、護衛をつけて無事に帰すときみは言ったよね」

「……ああ、言った」

部屋に漂う重い空気に千里は耐えられなくなった。

「烏島さん、私は無事に帰ってきました。怪我もたまたま負ったもので宗介さんの責任では」

「目黒くん」

強い視線に気圧され、千里は口を噤む。

「俺の責任だ」

「宗介さん……」

「申し訳なかった」

宗介が烏島に頭を下げる。千里は慌てた。

「宗介さん！　顔を上げてください」

「責任はとる。殴るなりなんなり好きにしてくれ」

烏島がソファから立ち上がった。

「きみは正しいよ、宗介くん」

烏島の表情がふと優しいものに変わり、千里は驚いた。宗介も怪訝に思ったのか、顔を上げる。

「自分が大事にしている人間を優先するのは当然のことだ。人ひとりの手ではひとりしか守れない」

烏島は宗介の肩をぽんと優しく叩く。

「きみの大事な九條のお嬢さんが待っているよ。早くお帰り」

翌日、千里が出勤すると、烏島は既に小石竜子についての情報を手に入れていた。

「九日、神除港行の夕方のフェリーの乗船名簿に、存在しない住所と電話番号を書き入れた女性客がいたよ」

外に出たがらないのに烏島は顔が広い。多種多様な業種の人間と交流があり、あらゆるツテで情報を仕入れてくるので、フェリーの搭乗者名簿を手に入れていたことについて、特に驚きはなかった。

「住職と成香さんが七杜家に来ていた日ですね」

「おそらくふたりの留守を狙って寺を出たんだろう」

烏島が千里に引き伸ばした写真を手渡す。防犯カメラらしき映像の一部を切り取ったものだ。ベージュのコートを着た女性が後部座席に乗り込もうとしている。顔はマスクとサングラスのせいでわからない。

「この写真では顔がわかりませんね……」

「九條のお嬢さんに確認してもらったところ、小石竜子本人で間違いないとのことだ」

「その後の足取りは？」

「わかっていない」

烏島はデスクに置いてあった封筒を千里に差し出した。中に入っていたのは戸籍謄本だ。筆頭者は『小石竜子』。在籍者は彼女ひとりだけだ。

「年齢は二十七歳。独身。父親は彼女が幼い頃に亡くなっているが、母親は健在。高校卒業後に実家を出て以降、所在不明だ」

「偽名ではなかったんですね」

「身分事項の欄を見てほしい」

烏島に言われ、身分事項の欄に目をやる。『出生』の他、『名の変更』『分籍』と記載されていた。

「去年の五月に彼女は改名しているんだよ」

改名と聞いて千里の頭に過ったのは、最近見たニュースだった。

「もしかして、キラキラネームだったとかですか？」

親のエゴでつけられた風変わりな名前が原因で、からかわれたり好奇の目で見られたりしたことにより、子供が自分で改名したという話だった。名前だけなら申請すれば未成年でも比較的簡単に変えることができるらしい。

「改名前の名は『小石優実《ゆうみ》』だ」

予想に反し、普通の名前だった。

「なにか名前を変えなければならない事情があったんでしょうか？」

「戸籍謄本には改名の理由までは記載されないからわからない。ただ改名前の名前には覚えがあってね」

千里は驚いた。

「烏島さんの知り合いだったとか？」

「知り合いではないよ。今、問い合わせしているところだから、確認できたら改めて説明するよ」

今すぐにでも知りたいのが本音だったが、烏島がそう言うのなら待つしかない。

「烏島さん、身分事項の分籍って、確か籍を抜けることでしたよね？」

千里は記載されている『分籍』という項目を指さした。

「うん。一般的に新しく戸籍が作られるのは結婚して親の籍を抜けるときだ。目黒くんの戸籍は母親が筆頭者だろう？」

「はい、そうです」

千里の父親は結婚する際、母親の姓を名乗ることを選んでいるため、母親が筆頭者になっている。住民票の世帯主とは違い、名乗る姓によって戸籍の筆頭者が決まるということを、両親が亡くなったときに千里は知った。ちなみに父親は千里の母方の祖父母の養子にはなっていないため、所謂《いわゆる》『婿養子』ではない。

「結婚や縁組以外で親の戸籍から子である目黒くんが抜けるのが『分籍』だ。届けを出すと目黒くんが筆頭者の新しい戸籍が作られる」

「小石さんは改名が理由で分籍した？」

「同じ戸籍に入っている人間は同じ姓を名乗らなければならないけど、小石竜子は名前だけの改名だから別に分籍する必要はなかったはずだ。他に理由があったんだろう」

「分籍すると、なにかメリットはあるんですか？」

「改名後に分籍すると従前の名前が新しい戸籍には記載されなくなる。女性の場合は分籍前の婚姻歴も記載されなくなるから、戸籍のクリーニングと言われることもあるね」

戸籍のクリーニング——身も蓋もない表現だ。

「分籍しても改名や離婚の事実は消えないし元の戸籍には記載されているから調べればわかってしまう。血縁関係が切れるわけでもない。現実的なメリットよりも、気持ちの問題が大きいんじゃないかな」

烏島の話で血縁関係からはどうあがいても逃げられないのだと思い知らされ、千里は憂鬱な気持ちになった。

「ああ、言い忘れてた。彼女は名前だけじゃなく本籍も変更しているんだよ」

千里は本籍の欄にある住所を見る。

「ここにはなにがあるんですか？」

烏島はタブレットを操作し千里に見せる。画面に表示されているのは刺青の写真だった。

「彫師の店だ」

＊＊＊

神除市の中心部から離れた住宅地に『二代目 七刀《しちとう》』はあった。

立派な数寄屋門。格子戸の向こうには平屋の日本邸宅が見える。『切柄《きりづか》』と刻印された表札はあるが、店の看板は見当たらない。場所はここで間違いないはずだ。表札の下にあるインターホンを押すと、しばらくして家から着物姿の若い男が出てきた。

「どなたです？」

緩く波うった長い黒髪を襟足の位置でひとつに結んでいる男。昔の美人画にでてくるような切れ長の目と細い鼻、小さな唇。茶の湯、華道や書道の先生と言われても信じただろう。藍色の着流しからのぞく刺青さえなければ。

「先ほど連絡させてもらいました、質屋からすの目黒です」

手首や首にまでびっしりと入った刺青に動揺しつつも、千里はなんとか挨拶した。

烏島から情報を得た後、千里が小石竜子について話を聞きたいとダメもとで店に電話を入れると、店主の方から「今日の十四時に店に来てください」と指定してきた。あっさり訪問を受け入れられたことに、千里だけでなく烏島も驚いていた。「ああ、メグロさん。俺が切柄です」

気だるげな声で切柄が名乗る。

「今日はお忙しい中、時間を作っていただいて――」

「そういうのはいいんで入ってください」

切柄に急かされて、挨拶もそこそこに家に入ることになった。板張りの廊下には木の箱や紐で綴じられた枯葉色の書物が無造作に積み上げられており、千里は驚いた。

「足元気をつけてください。たまに雪崩《なだれ》るんで」

「あ、はい。……かなり古いものが並んでますね」

「蔵に入っていたガラクタです。三年前に父親が死んで整理しはじめたんですが時間がなくて放置してるんです」

実家に蔵がある時点でガラクタではないのではと思ったが、口には出さない。人にはそれぞれの価値観があり、他人が理解することは不可能だ。切柄も案外、烏島と同じタイプなのかもしれない。

「どうぞ」

襖を開けると、和風建築からは想像できない異空間が広がっていた。畳が剝がされた部屋の奥には黒い施術台がある。その横には可動式のライト、サイドテーブルには金属の器具や消毒液のボトル、棚には色とりどりの色料の入れ物が並んでいた。芸術家のアトリエと病院の治療室が融合したような、不思議な空間だ。

「どうかしました？」

切柄に尋ねられ、千里はハッと我にかえった。

「外観とだいぶ雰囲気が違うので驚いて……」

「ああ。仕事用に改装したんですよ。座ってください」

座布団を勧められ、千里はそこに正座した。

「話をする前にちょっと一服させてください。今日はまだ休憩してないんで」

切柄は少し離れた場所に胡坐《あぐら》をかき、電子タバコのパイプを咥える。着物の裾が捲れ、足首までびっしりと入った鱗《うろこ》状の刺青が露わになった。

「あなたの名前は？」

　切柄が尋ねる。

「目黒です」

「下の名前も教えてください」

「千里です」

「漢字はどう書くんです？」

「……目に色の黒。漢数字の千、里山の里ですが」

　切柄は「目黒千里」と呟き、口から甘い煙を吐く。再び沈黙が部屋に広がった。千里は切柄の背後に見える床の間の絵に目を奪われる。

「なにか気になるものでもありましたか？」

　切柄に尋ねられ、千里はハッと我にかえった。

「すみません、じろじろ見てしまって」

「なんで謝るんです？」

　切柄は不思議そうに首を傾げる。気を悪くしてはいないようだった。

「その絵は切柄さんが描かれたものですか？」

床の間の壁には額に入れられた絵が飾られていた。墨で描かれた竜。店のホームページに掲載されていた刺青の写真にも竜が多かった。

「いいえ、これは俺の先祖が描いたものです。江戸時代、俺の先祖は浮世絵の彫師をやっていたんですよ」

「浮世絵の彫師？」

「文身《いれずみ》はひとりですべての工程をやりますが、浮世絵は絵師、彫師、摺師と役割分担があるんです。彫師は絵師の描いた下絵を板に彫る仕事です。作品には絵師の銘しか入らないことがほとんどなので、あまり知られてませんが」

切柄はそう言って、床の間の絵を振り返る。

「俺の先祖は彫師の仕事だけではなく、絵師の代わりに下絵を描くこともありました。ここに飾ってあるのは他人の銘で出回っていた先祖の絵なんです」

「ご先祖様の作品なのに、他の絵師の作品として出回っているんですか？」

「絵師が多忙や身体の衰えで弟子や工房内の人間に描かせることは珍しくなかったようです。完成した作品に銘を入れれば、その絵師の作品になります」

弟子が描いた場合でも、絵師の銘が入ってしまえば真作になる――こういう話を聞くたびに、モノの価値について考えさせられる。ネームバリューやブランド、それらが持つ市場価値に惑わされず独自の価値観でコレクション収集に励む烏島は、ある意味『正しい』のかもしれない。

「切柄さんが刺青の彫師をやっているのは、ご先祖様の影響なんですか?」

「そうですね。いつか先祖の描いた絵を彫ってみたいと思ったのがきっかけなので」

ネットで検索をかけると切柄に関する経歴や彼の彫った刺青の画像が多数出てくる。年齢は非公表。もともと海外で活動していたが、三年前に日本に戻り店を構えた。色をほとんど使わない墨色の和彫りは特に海外で評価されており、図案のカタログなども出版されている。肌の上に濃淡で表現される絵柄は繊細で、まったく知識のない千里も美しいと感じるほどだった。

「切柄さんの刺青はとても人気があって予約をとるのが難しいそうですね」

「狭い世界ですから一般的な人気とはまったく違いますよ。日本では文身の文化は受け入れられていないんで」

切柄の言葉はどこか冷めていた。

「でも最近はタトゥーを入れている人も増えていますよね」

「確かにワンポイントタトゥーなんかはよく見かけるようになりましたね。でも文身のイメージが良くなっているかと言われれば、そうでもないんじゃないですか。自分も入れてますが、メリットよりデメリットの方が大きいんですよ。消すことも難しいですし。だから俺は希望者にまずその辺の理解と覚悟があるかどうかを確かめてます」

「依頼されて断ることもあるんですか？」

「客が考え直してやめるということはありますが、俺から断ることはほとんどないですね。俺は芸術家じゃなく職人なんで、どんなに気に食わない相手でも彫りますよ」

芸術家ではなく職人。その言葉に切柄の仕事へのプライドを感じる。

「――で。俺の客について話があるとのことでしたけど」

「はい。小石竜子さんについて」

「彼女、なんかあったんですか」

「一週間ほど前から行方がわからなくなっているんです。なにかご存じないかと思って」

切柄はちらりと千里を見る。

「質屋なのに人捜しのようなこともやってるんですか？」

「そうですね、依頼があれば……」

モノが集まるところには情報が集まる。烏島は乗り気ではないが、一階の買い取りよりも二階の探偵業の方がお金になっているのは否定しようのない事実である。

「どうして俺に彼女のことを聞くんです？」

「小石さんの本籍が切柄さんのお店の住所になっていたんです」

本籍は日本の領土内であれば自由に設定できる。わざわざ本籍を実家から変更したということは、彼女にとって所縁《ゆかり》のある場所だからではないのだろうか。

「彼女の居場所は知りませんけど、ここを本籍に選んだ理由には見当がつきますよ」

「どういう理由ですか？」

「客にとって、この店は『生まれ変わり』の場なので」

生まれ変わり――竜子は見子の生まれ変わりだと住職が言っていたことを思い出す。

「あの、生まれ変わりって……？」

「俺のところに来るのは文身の修正を求める客が多いんです。若気の至りで入れたタトゥー、レーザーや手術では消せない文身、彫師の銘や看板が入っていて他では取り扱ってもらえない文身。そういうものを上書きしてほしいと」

「銘が入っていると取り扱えないんですか？」

「他の作者の作品に別の作者が手を加えるようなものですからね。未完成のまま彫師が亡くなったとか、やむを得ない事情がある場合はやらせてもらってます」

刺青の世界にもさまざまなルールがあるようだった。

「過去の文身を新しい文身で消す、イコール、過去を消して新しく生まれ変わるっていうイメージがついたみたいですね。うちの住所を本籍にしている客は他にもいますよ。縁起担ぎか風水的なものかは知りませんけど」

「つまり、このお店に来るお客さんは切柄さんの刺青で生まれ変わることを望んでいるということですか？」

切柄は至極真面目《まじめ》な表情で「はい」と言った。

「人は変わりたいと思っても簡単に変われるものじゃないから、文身に頼るんじゃないですか。文身は身体に彫るものですが、影響を及ぼすのは心の方ですから」

「身体ではなく心……？」

「そうです。文身なんかで人は変われないと言う人がいますが、それはそれで正しいんですよ。必要のない人にとっては間違いなく必要のないものなんで。ですが必要としている人にとっては心の支えであり、誓いであり、信念であり、新しい人生をはじめるためのきっかけでもある」

千里にはまったく理解できない話だった。切柄の言うところの『必要のない人間』だからなのかもしれない。

「切柄さん自身も『生まれ変わり』を信じているんですか？」

「俺は仕事に対して拘りはありますが、そこに自分の思想は持ち込んでいません。頼まれた仕事を完璧に仕上げるだけです」

切柄が己のことを芸術家ではなく職人だと言う意味が、千里はなんとなくわかったような気がした。

「目黒さん」

「はい？」

「俺と小石さんが男女の仲だとでも思ってましたか？」

千里は言葉に詰まった。切柄が呆れた顔をする。

「嘘がつけない人だな」

「……すみません」

本籍を移すくらいなので、もしかしたら特別な関係なのではないのかと勘ぐってしまったのは事実だ。

「まあ、そういう誤解はよくあるので慣れてますけど」

「よくあるんですか？」

「ありますよ。『密室で女の肌を見て興奮しないんですか？』なんて聞く人もいます。その質問は絵描きに『キャンバスに興奮しないのか？』って聞いているようなものなんですけどね」

そう言って、切柄は電子タバコを置いた。

「小石さんも生まれ変わりを求めてこのお店に来たんでしょうか？」

「過去を消したかったのは間違いないでしょうね。彼女の場合、背中に昔の恋人の名前を取り入れたデザインのタトゥーが入っていたんですよ。深く入りすぎてレーザーでは綺麗に消えない上に、範囲も広すぎて手術では取り切れなかったので。彼女の希望で竜に上書きしました」

「竜にすることは切柄さんが決めたんですか？」

「デザインは俺が決めましたが、竜にしてくれと言ったのは小石さんです」

刺青も名前も竜。彼女は竜に拘りがあったのだろうか。

「小石さんがまた来店する可能性はありますか？」

「年月が経って文身が薄くなった場合、客が突き直しに来ることはありますが、小石さんは二度とここには来ないいんじゃないですか」

「どうしてですか？」

「どうしてって盗みを働いた場所には普通戻らないでしょう」

千里は目を見開く。

「盗み？」

「はい」

切柄はパイプを置き、はじめて千里に向かって微笑んだ。

「そういうわけなんで、彼女が見つかったら俺に教えてください。貴重な休憩時間を割《さ》いた対価としては安いものでしょう」

＊＊＊

「――生まれ変わりねえ」

千里の報告を烏島は新聞に視線を置いたまま聞いていた。

「小石竜子がはじめて店に来たのは？」

「昨年の五月だそうです」

「改名したのと同時期か。確かに生まれ変わりを求めていたのかもしれないね。店を本籍にしていることについてはどう言っていた？」

「特に驚いていませんでした。切柄さんのお店の住所を本籍にするお客さんは他にもいるみたいなんです」

切柄の店で生まれ変わるのだとしたら、そこを本籍にする気持ちは理解できるような気もする。

「また店に来る予定はあるのかな」

「ないと言っていました。小石さんは切柄さんの店で盗みを働いたそうです」

烏島が読んでいた新聞から顔を上げた。

「何を盗んだ？」

「たいしたものじゃないからと教えてもらえませんでした。返してもらうつもりもないそうです。ただ、小石さんが見つかったら彼女の現状を教えてほしいと言われました」

烏島はため息をつきつつ新聞を畳む。

「どうりでこちらの訪問をあっさり受け入れたと思ったよ。しかし盗まれたものを返してほしいじゃなく彼女の現状を教えてほしいとは、また変わったお願いだね」

「雇い主に確認しますと言って帰ってきたんですけど……どうしましょう？」

「かまわないよ。どうせまた彼に会うことになる」

言い切った烏島に、千里は目を瞬《しばたた》かせた。

「どうしてわかるんですか」

「質屋の勘だ」

「質屋の勘」

思わず繰り返してしまった。質屋の勘。烏島が言うと、なぜか説得力がある。

「そういえば問い合わせていた件だけど、返事がきたんだ」

烏島は千里に一枚の紙を渡す。それはカルテのコピーだった。千里は驚いて烏島を見た。

「これ、まさか」

「そのまさかだ」

烏島は頷いた。

「小石竜子——改名前の『小石優実』は、きみと同じクリニックで同じ先生に診てもらっていたんだ」

「……どうやって手に入れたんですか？」

千里が質屋からすに両親の結婚指輪を売りに来たときも、烏島は千里の通っていた精神科のクリニックのカルテのコピーを持っていた。

「五年前、とあるクリニックの事務員が店に来た。閉院するからカルテの保管を頼みたいと」

「閉院するのに保管ですか？」

「閉院する場合でもクリニック側は患者のカルテを一定期間保管する義務がある。質屋を保管庫がわりに使う客はたまにいるんだ。銀行の貸金庫と違ってお手軽に大事なものを預けることができる」

そういえば烏島の客に、亡くなった三人の妻の結婚指輪を質草として預けていた男性がいたことを思い出した。彼は四人目の妻が亡くなると、預けていた指輪を引き取りにきた。質流れさせなかった珍しいケースだったので、よく覚えている。

「とはいえ、カルテは専門外だ。まあその事務員はうちに保管をお願いする体《てい》でカルテを売ろうとしていたわけだけど」

「どうして売ろうとしてるってわかったんですか？」

「事務員が持ち込んだのがカルテのコピーだったんだよ。原本はどうしたのかと尋ねたら、医者が既に処分したと言うんだ。おまけにやたらと『金になるカルテだ』とアピールしてくる。ひと通り内容を確認したけど僕の興味を引くものではなかったから、知り合いのデータ保管業者を紹介した」

自分の知らないところで個人情報が売買されている。気づいていないだけでざらにあることなのだろうが、こうして知ってしまうと怖さを感じる。

「じゃあ私のカルテも、その業者から？」

「うん。きみの名前を知ったとき、どこかで見た覚えがあると思って業者に問い合わせたんだ。ビンゴだったよ」

千里は目を見開く。

「烏島さん、一度見ただけの私の名前を覚えていたんですか？」

「別に驚くようなことでもないだろう」

烏島は不思議そうに首を傾げる。驚異的な記憶力。十分に驚くことだ。

「『小石優実』という名前にも覚えがあった。今から十二年前だから、ちょうどきみと同時期にクリニックに通っていたようだね」

「今、そのクリニックは……？」

「クリニック名と経営者は変わってるけど、精神科のクリニックとして残っているよ。カルテを持ち込んだ事務員もそこで働いているようだ」

自分の能力が発現してからのことは、なるべく思い出したくないと思っていた。母親に連れていかれたクリニックは、千里にとってトラウマになっている場所でもある。しかし——。

「烏島さん、私、そのクリニックに行ってみます」

過去を運ぶカルテ

千里がクリニックに通っていたときの記憶は断片的だ。

クリニックだけではなく、両親と一緒に過ごした記憶も曖昧になっている部分が多い。脳が嫌な出来事を記憶するのを拒否しているのかもしれない。しかし自分が特別不幸な境遇に置かれているとは思っていなかった。暴力を振るわれていたわけではなかったし、食事も与えられ、学校にも通うことができたのだから。ただ、家では呼吸がしづらかった。今思えば、自分だけではなく親も同じ心境だったのかもしれないと千里は思う。家の中に知られたくないことを知ることができる能力を持つ子供がいれば、気が休まらなかっただろう。両親が共働きで家に滞在する時間が短かったのは、お互いにとって幸いだった。

クリニックは駅近の雑居ビルの四階にある。名前は『そがわクリニック』から『あずきクリニック』に変わっていた。

「予約していた目黒です」

思い立ったその日に予約がとれたのはラッキーだった。問診票を記入して受付にいる若い女性に渡すと、かわりに番号札を渡される。

千里は待合室の椅子に座り、周辺を眺めた。内装は当時とあまり変わっていないように思えるが、なにしろ十年以上も前のことなので記憶が怪しい。

ふと視線を感じて顔を上げると、受付にいる眼鏡をかけた中年の女性と目が合った。視線をすぐに逸らし、奥へと引っ込んでしまう。名札には『枝野《えだの》』と書かれていた。鳥島のもとへカルテを持ち込んだのも『枝野』だ。

「十六番の方、中へどうぞ」

しばらく待っていると、診療室に呼ばれた。

「目黒千里さん。なかなか寝付けないということですね」

阿須木《あずき》という男性の若い医者が千里を迎えた。三十代くらいだろうか。日焼けした顔に白い歯がまぶしい。

「仕事のことを考えると神経が高ぶって目が冴えてしまって……」

千里はここに来るまでに考えていた症状を医者に伝えた。阿須木が問診票を見ながら質問を追加してくる。答えているうちに、カウンセリングに通っていたときの記憶がぼんやり蘇ってきた。初診だけは母親が一緒だった。同じような症状を持つ家族がいないか聞かれたときは、千里が答える前に母親が激しい拒否反応を示したことを思い出した。

「今まで心療内科を受診したことは？」

「小学生のとき、このクリニックにお世話になっていたことがあるんです。そのときのカルテはまだ残ってますか？」

阿須木はちらりと千里を見る。

「あぁ、十川《そがわ》先生に診てもらっていたのか。申し訳ないんだけど、カルテは引き継いでいないんだよね」

千里のカルテに記載されていた医師の名は『十川匡《まさし》』。ぼんやりとだが過去の記憶が蘇ってきた。優しげな顔立ちの男。眼鏡をかけていたような気がする。

「十川先生って今どちらかの病院でお勤めされてるんでしょうか？」

「知らないなあ。ここも十川先生が僕と同じ大学の卒業生だった縁で紹介されただけで、直接会ったことはないんですよ。ちょっと変わった人だっていう噂もあったし」

「変わった人？」

千里が聞くと阿須木は余計なことを言ってしまった、というような表情をして「あくまで噂だから」とそれ以上の言及は避けた。

阿須木からは薬を出しておくと言われ、診察は終わった。待合室に飾ってある医師免許証、その隣にある大学の卒業証書を確認する。会計の際に、また受付の奥にいる枝野の視線を感じた。今日、彼女から話を聞くことは難しそうだ。それよりも千里は今、どうしても確かめたいことがあった。

クリニックを出てから、スマホで大学名と『十川匡』で検索をかけた。『超能力』や『超心理学』というワードが検索結果にならぶ。心臓がドクドクと脈打つのを感じながらタップすると、大学教授の運営しているサイトに辿り着いた。

【閉鎖的環境における超能力の発現と遺伝について】

読んでみたいと思った。しかし載っているのはタイトルだけだった。サイトをスクロールしていると、そこに見知った名前を見つけた。

千里はすぐに烏島に電話をかけた。

＊＊＊

閑静な住宅街にある、高い塀と植物に囲まれた一軒家。門には『PANDORA』と刻まれた金属製の表札が埋まっている。

千里は門を開け、敷地内に入ると、玄関のドアの中央にある真鍮《しんちゅう》のドアノッカーを二度強くたたいた。しばらくして出てきたのは、ぼさぼさの黒髪と不精髭《ぶしょうひげ》を蓄えた、大柄な男だ。くたくたに着古されたシャツやジーンズも、千里がここに来ていたときと変わっていない。

「こんにちは」

千里が挨拶すると、男の背後から色っぽい美人が顔を出した。

「誰よ、この子」

「あー、こいつは」

「娘です」

千里が答えると、色っぽい美人が目を吊り上げた。

「ちょっと、あなた結婚してたの？」

「いや、してないが。まあ、この子とはいろいろあってなぁ」

「騙したのね！　最低！」

美人は男の頬を引っぱたくと、一度奥に引っ込み、鞄を持って玄関を足音荒く飛び出していった。美人は怒った顔も色っぽいのだなと感心しつつ、千里は男に向き直る。

「お久しぶりです、大鷹《おおたか》さん」

「二度とここには来ないんじゃなかったか？」

大鷹は笑っているが、歓迎しているわけではないことはよくわかっている。

「お願いがあって来ました」

「女はいつもそうだよなあ。言うことがコロコロ変わる。信念がないんだ」

蔑《さげす》みが含まれているように感じるのは気のせいではない。大鷹は人間の女が嫌いなのだ。

「で、なんの用だ」

大鷹から用向きを聞かれるとは思わず、千里は意外に思った。追い返される可能性が高いと思っていたからだ。

「……話を聞いてくれるんですか？」

「助けられたからな。そろそろ切りたいと思ってたんだが、しつこくてなぁ」

最低な発言をしながら、大鷹が奥の部屋に歩いていく。千里は「お邪魔します」と言ってから、その後に続いた。

廊下の突き当りのドアを開けると、小さな部屋がある。ここは大鷹が客に対しカウンセリングを行う場所だ。小部屋の奥のドアを開けると、その先は人形師である大鷹の工房になっている。広々とした空間、暖炉や大きな格子状の窓も千里の記憶にあるまま変わっていない。壁には額に入った医師免許証。人形の材料がおさめられた棚や、これまで大鷹が創ったビスクドールがおさめられているガラスケースもある。中央にある大きな作業台の上に髪の束を見つけた千里は、そこから目を逸らした。

「久しぶりに茶を淹れてもらえるか。飲んでから話を聞く」

「わかりました。シンクお借りしますね」

千里は大鷹に声をかけてから部屋の隅にある小さなシンクで手を洗い、棚から茶筒をとった。背中に大鷹の視線を感じる。落ち着かない。

「よく烏島から許可が出たな」

「はい。どうしてもとお願いしたので——」

急須に茶葉を入れる手を止め、振り返る。大鷹は煙草を口に咥えたままニヤリと笑った。

「……なんで烏島さんに許可をもらったことを知ってるんですか？」

あずきクリニックを出た後、烏島に電話して大鷹に会う許可をとった。千里は最後にここを訪れたとき「二度と来ない」と宣言したが、烏島からも大鷹には会わない方がいいと忠告されていたからだ。

「ついさっき烏島から電話があった。大事にされてるな」

「……信用されていないだけですよ」

烏島には心配と迷惑をかけている。だが信頼はされている、と思いたい。千里は再び手を動かす。温めた湯呑みに茶を注ぐと、いい香りがした。質屋では烏島がお茶を淹れてくれるので、こうして人に出すのは久しぶりだ。

「あー、やっぱりうまいな。お嬢ちゃんの淹れる茶は」

茶を一口飲んだ大鷹が言った。

「で、俺になんの話だ？」

「大鷹さんは十川匡さんを知ってますか」

大鷹が湯呑みを置く。

「十川？」

「教授のブログのキャッシュに、大鷹さんと十川さんの名前が載っていました。同期なんですよね？」

千里が言うと、大鷹は不精髭の生えた顎を擦りながら「あー」と頷いた。

「あいつか。同期といってもあいつは浪人と留年してたから俺より年齢は上だったはずだ」

「大鷹さんは十川先生と連絡をとっていますか？」

「今はとってないが、学生時代に交流はあった。精神科の研究室で一時期一緒だったんでな。あいつがどうかしたか？」

煙草を口に咥えたまま、千里に聞く。

「五年前に自分のクリニックを閉院してから行方がわからなくなってるんです。知ってました？」

「あいつがクリニックを開業したことは風の噂で知ってたが、行方不明になってるのは知らなかった」

大鷹は短くなった煙草を灰皿に押し付ける。

「まあどうやって自分のクリニックを持てたのか怪しかったからなぁ。なんかヤバイことに手でも出したんだろ」

「怪しい？」

「独立するのはどんな仕事でも難しいが、医者も例外じゃない。医者の腕と経営力はまた別だからな。医者だからって銀行もホイホイ金は貸してくれない。設備投資にはかなり金がかかる。親が開業医とかで地盤と資金力があるなら別だが、十川は実家が裕福じゃなかったらしくてな。学費も借金してると聞いた。十川が金にならない研究に傾倒してたのを知ってる奴らは、どうやって資金を集めたのかみんな不思議がってたのさ」

大鷹は新しい煙草に火をつける。

「十川さんは超能力について研究をしていたんですよね」

「調べたのか？」

「ネットで検索したら十川さんの学生時代の研究がひっかかって」

超心理学――テレパシー、念力、透視など、物理学では説明がつかない現象が研究対象になるらしい。クリニックで医者が「変わっている」と評していたのはこの研究のせいなのだろう。実際にモノから過去視できる力を持っている千里でさえ、インチキくさいと感じてしまうくらいだ。超能力は社会で表立って通用する力ではないということを、研究者は理解していないのかもしれない。

「出てきたのはタイトルだけで、内容は見ることができなかったんです」

「まあ学生の論文だからな。学術誌にとりあげられるような内容でもない」

「でも冊子にまとめられているようだったので……どこかで閲覧はできますか？」

「教授が内々に作ったもんだからなあ。大学の研究室になら、もしかしたら残ってるかもしれねえな」

「それを手に入れることは可能ですか？」

大鷹が煙草を咥えたまま千里を見る。

「タダじゃあ動けない。俺も仕事があるんでな」

タダより高いものはないとわかっているので、大鷹からこういう提案をしてくれることはありがたかった。本来ならば、断られてもおかしくないのだ。

「条件を教えてください」

大鷹は片眉を上げる。

「そこは『大鷹さんの言うことならなんでも聞きます』じゃねえのか」

「なんでもはさすがに無理ですね……」

大鷹の性格、いや性癖を考えると、なんでも言うことを聞くのはまずい気がする。大鷹はつまらなそうに煙草をくゆらせながら「そうだな」と呟いた。

「もし烏島がお嬢ちゃんを人形にしたいと言ったら、その髪、俺に渡せるか」

「はい」

千里が頷くと、なぜか大鷹は目を眇めた。

「おい、ちっとは躊躇したらどうだ。髪は女の命だぞ」

「命は心臓か頭のどっちかじゃないんですか？」

大鷹は心底嫌そうな顔をした。いつもヘラヘラと摑みどころがない表情をしているので、非常にレアだ。

「女はこれだから嫌なんだ。ロマンってもんの理解がない」

「そう言われても……生きているうちに坊主になれって言われたらさすがに躊躇します

けど、死んだ後ならどうなろうとかまいませんし」

肩にかかるほどの髪の長さに特に思い入れがあるわけではなかったが、普通に生活していく上で坊主にするのはさすがに躊躇ってしまう。死んでからなら、どうにでもしてくれてかまわなかった。どうせ最後はすべて燃えて灰になるだけだ。

「本当にいいのか？」

訝《いぶか》るような視線が千里を射る。

「烏島さんがそれを望むなら」

大鷹は依頼人が喪《うしな》った『愛する女』の髪を使って人形を作る。千里は烏島の『愛する女』には成り得ないだろうが、もしかしたらコレクションのひとつとしての『愛するモノ』には当てはまるかもしれない――烏島が千里を人形にしてまで手元に置いておくかはわからないが。

「あの、取引は成立ですか？」

「ああ。手に入ったら連絡してやる」

「ありがとうございます」

千里が礼を言うと、大鷹が椅子から立ち上がった。煙草を持っていない方の手で、千里の髪に触れる。

「俺は女が死んでから人形を作る。知ってるな？」

「はい」

千里が頷くと、大鷹の手から千里の髪がさらさらとこぼれていく。

「俺が元気なうちに、せいぜい早死にしてくれよ」

獅子身中の虫

「おかえり、目黒くん」

大鷹の店から質屋に戻ると、烏島が待ち構えていた。

「十川の論文は？」

「取り寄せてもらえることになりました」

千里が報告すると、烏島は目を眇めた。

「大鷹さんと変な取引をしてきたんじゃないだろうね？」

「してません」

「本当かい？」

「本当です」

死後の千里の髪は烏島が人形にすることを望んだ場合のみ、大鷹の手に渡る。千里の意思を無視するものでも、烏島の意思を無視するものでもない。フェアな取引だ。

「しかしきみを診た医者が大鷹さんと同窓だったとは。世間は狭い」

「……そうですね」

大鷹が医者であることは知っていたが、まさか知り合いだとは思わなかった。

「十川が超心理学について研究していたのが本当なら、彼にとって患者は研究材料だったんだろうね」

「でも十川先生は私の能力については認めようとしませんでした。ただの幻覚だと……研究材料にするなら、私はいいサンプルになったんじゃないかと思うんですけど」

十川のカウンセリングを通して「視えなくなったフリ」をする方が生きやすくなるのだと千里は気づかされた。そのおかげで遠くの施設に入る話は消え、それ以来、千里は自分の能力を隠すようになった。

「確かに目黒くんほどの力があるなら、超能力と認めてもいいはずだ」

「『小石優実』さんはどうだったんですか？」

「彼女についてははっきりと優れた透視能力を持っていると書かれていたよ」

そのとき、烏島のスマホに着信が入った。

「もしもし」

烏島は「わかった」「行くよ」と通話相手に短く言葉を返してから、千里を見る。

「目黒くん、今から七杜家に行こう」

「なにかあったんですか？」

コートをとった鳥島は、千里を振り返った。

「ご本尊が見つかったそうだ」

＊＊＊

七杜家に行くと、一階の客間で宗介が待ち構えていた。制服ではなくスーツを着ているところを見ると、今日も家の仕事があったのかもしれない。

「ご本尊が見つかったっていうのは本当かい？」

「ああ、これだ」

宗介はテーブルの上に置いてある箱を開ける。

「銅鏡だね」

少し離れた場所からそれを眺めていた鳥島が言う。箱の中に入っていたのは金属の丸い板だった。かなり錆びついていて、状態はあまりいいとは言えない。よく見ると、竜を象《かたど》った装飾が施されている。

「千里、厨子から見子が持ち出したのはこれだったか？」

「よく似ています」

「視てもらえるか？」

「素手で触れますけど、いいですか？」

かなり状態が悪いので、念のために宗介に確認する。

「もちろんかまわない」

宗介が千里に場所を譲る。千里は目を閉じ、銅鏡に手で触れた。視たことのある映像がすぐに流れ込んでくる。

「……見子が厨子から持ち出したものに間違いありません」

「他には？　なにか視えたか？」

「いいえ、私に視ることができたのはそれだけです」

千里の能力は千里の体調やモノの状態に影響を受ける。モノの状態が悪すぎて過去視ができないことも今まであった。

「宗介くん、どうして見子が持ち出した本尊が七杜家にあるんだい？」

烏島が尋ねると、宗介は黙って部屋の壁の方に近づいた。そこには額縁に入った美しい湖の絵がある。宗介が額縁の下に触れると絵画が自動で上がった。絵の飾られていた場所に出現したのは窓だ。ガラスの向こうには小花柄のワンピースを着た女性がいた。

「……小石竜子さん」

大きな瞳が特徴の派手な顔立ちは、寺の見子である小石竜子だった。頭巾で覆い隠されていた長い髪は緩く巻いてひとつにまとめられている。メイクもしっかりしているせいか、寺で会ったときとかなり印象が違った。彼女は部屋の中の調度品や本棚に触れ、飽きるとソファに座ってスマホを弄っていた。こちらに気づく様子はない。おそらくマジックミラーになっているのだろう。

「見子は自分が盗んだものをわざわざ七杜家に運んできたのかい？」

「盗んでいないと言ってる」

「じゃあなぜ彼女はこれを持っていた？」

「この鏡が山の中に捨てられているのを竜眼という目で霊視して発見したそうだ」

「山の中だって？」

烏島の視線を感じ、千里は首を横に振る。

「わ、わたしはそんなことしてません！」

「わかってるよ。目黒くん、誰かが山に捨てるところを視たかい？」

「いいえ。私に視えたのは小石さんがこれを持ち出すところだけです」

千里が言うと、烏島は宗介に向き直った。

「山の中に捨てられていたという鏡をどうしてわざわざ七杜家に持ち込む必要があった

のかな」

「この鏡が七杜家の家宝だからだそうだ」

　宗介の言葉に、鳥島は目を見開く。

「――七天竜神照魔鏡《しちてんりゅうじんしょうまきょう》？」


　鳥島の声には隠しきれない興奮が滲んでいた。

「よく知ってるな、鳥島」

「神除市の伝説にもなっているじゃないか。七杜家の始祖が竜神から鏡を下賜《かし》され、人間に化けて悪さをしていた妖《あやかし》を退治したと言われている」

　宗介は「説明する手間が省けたな」と肩を竦めた。

「てっきり実物は存在しないと思っていたよ。所在どころか存在も曖昧にされていたじゃないか」

「だろうな。俺もそう思っていた」

「見子は霊視でこれが家宝だと知ったってこと？」

「本人はそう言っている」

烏島はマジックミラーの向こうにいる竜子の様子を窺う。

「見子の霊視はいささか正確さにかけるようだけど、宗介くんはこの鏡が本当に家宝の鏡だと思っているのかい？」

宗介は一瞬、躊躇うように口を噤む。

「……七杜家には跡継ぎとなる男子に口頭のみで伝えられている伝承がある」

「伝承？」

「ああ、その中に『神鏡は卑女島の秘蔵にあり』という一節があるんだ」

卑女島。飛女島の古い呼び名だ。

「その伝承、かなり気になるんだけれど。後で教えてもらえないかな」

「アホ。この一節を外部に漏らしただけでも祖先の霊に祟られるレベルなんだぞ」

宗介は烏島を白い目で見てから「話を戻すぞ」と言う。

「前にも言ったが、七杜の本家は五度、不審火で焼け落ちている。そのうち三回が七代目のときに起こっているんだ。七天竜神照魔鏡は七杜家の血統を証明するものでもあった。跡目争いで狙われることが多かったんだよ」

「卑女島というのは飛女島に変わる前の名だね。七代目は家宝を飛女島の秘蔵、玖相寺の絶対秘仏として隠した？」

「歓喜天は秘仏扱いされていることがほとんどだ。それをご本尊、絶対秘仏として祀れば安全だと考えたんだろう。信仰心っていうのはどんな鍵よりも厳重だ」

烏島は腕組みをして首を傾げる。

「自分が創建した寺とはいえ、大事な家宝を離れた場所に隠すのは不安じゃなかったのかな？」

「利害関係のある他人の方が信じられるってのは、よくある話だろ。本家は人の出入りも多い。過去には使用人が外部と通じていることもままあった」

「身内にこそ真の敵がいる？」

「そういうことだ」

宗介が警戒心の強い人間であることは知っていた。使用人をすぐに辞めさせるという話を聞いたときは驚いたが、辞めさせなければならない『理由』があったのだろう。家の中でも常に誰かを疑いながら過ごすのはどんな気分なのだろうか。千里には想像もつかない。

「質屋と同じだね。大事なものを家に置いておけば家族に売られたり処分されたりすることがあるけど、うちに質入れして質料を払っておけば家よりも安全に保管できる」

「一緒にするな」

宗介は烏島を呆れたような目で見てから、「話を戻すぞ」と言う。

「この鏡が家宝の鏡である可能性は高いが、伝承のみで判断はできない。鏡の形貌《けいぼう》については一切資料が残されていないんだ。実物だと判断する材料がない」

「なるほど、宗介くんは見子の言うことを信じているわけではないんだね」

宗介は何も言わない。沈黙は肯定だ。

「宗介くん。きみの依頼はご本尊を捜してほしいということだったけど、これからどうする？」

「この鏡が玖相寺から出てきたものである以上、七杜家の宝物であることには変わりない。どういったものなのか知る必要がある」

銅鏡に目をやりながら宗介は言った。

「烏島、この銅鏡がいつなんのために作られたものか調べたい。可能か？」

「いつ作られたか調べるのは可能だと思うよ。でもなんのために作られたのかまで調べられるかどうかはわからないな。無理にうちに頼まなくても専門家に頼んだ方がいいんじゃないかい？　七杜家ならいくらでもツテがあるだろう」

「それはできない」

烏島の提案を、宗介は却下する。

「うちから頼めば『七杜家の宝物』になる。これは山の中で発見された『ただの古い銅鏡』だ。余計な憶測を招くのは避けたい。烏島、おまえの方で調べてくれ。もちろん七杜の名は出さずにな」

烏島は腕組みをしたまま、「わかったよ」とため息をつく。

「宗介君！」

突然、部屋のドアが開いた。ノックもなく中に飛び込んできたのは、息を乱した成香だった。

「見子が戻ってきたって本当なんですか？」

「ああ、隣の部屋にいる」

宗介がマジックミラーを指すと、成香は千里や烏島に目もくれず早足でそこに近づいた。

「……ご本尊は？」

「見子は知らないそうだ」

「じゃあなぜ黙って寺を出たんですか？　やましいことがあったからでしょう？」

「寺を出たのは命の危険を感じたからだと言ってる」

マジックミラーにかじりつくようにして竜子を見つめていた成香が、宗介を振り返る。

「命……？」

「自分を見子の役職から引きずりおろそうとしている人間が寺にいると言っていたぞ」

心なしか、成香の顔色が青ざめて見える。

「……これから見子をどうするつもりですか？」

「住職は見子として寺に戻すと言ってる」

成香が目を見開く。

「彼女はご本尊を盗んだ泥棒です」

「証拠がない」

「私が彼女を問いただします」

部屋を出ていこうとする成香の肩を宗介が摑む。

「成香、落ち着け」

「落ち着けません！」

「九條家当主の決定だ。聞き分けろ」

ゾクリとするほど冷たい声だった。成香はぐっと唇を嚙み、部屋を飛び出していく。

とっさに千里が後を追いかけようとすると、大きな手に腕を摑まれた。烏島だ。目が合うと、烏島は首を横に振る。

「見苦しいところを見せたな」

成香のかわりに宗介が謝罪した。

「小石竜子を見子に戻すのかい？」

「ああ」

「成香さんは反対しているようだけど」

宗介は目を伏せ、首を横に振る。

「当主の決定は絶対だ。当主以外、誰にも翻《ひるがえ》すことはできない」

＊＊＊

烏島が「下手に持ち歩いて壊すのが怖い」という理由で銅鏡を持ち帰るのを拒んだため、明日改めて、宗介が店まで持ってきてくれることになった。

烏島は宗介と個人的に話があるらしく、そのまま七杜家に残った。烏島から直帰していいと言われた千里は、その言葉に甘えて帰ることにした。

七杜家を出て駅に向かっていると、道の端に黒い高級車が停まっているのが見えた。その傍に立っているのは白髪の紳士だ。

「――高木さん？」

七杜家の執事である高木だった。

「どうされたんですか？」

「ご自宅までお送りします」

「……なにかあったんですか？」

七杜家にはお抱えの運転手が数名いる。最近わかってきたことだが、高木が運転手を務めているときは、だいたいなにかあるときだ。

「目黒さまに折り入ってお話が」

身構えてしまうのは、昨年高木に言われた言葉が頭に残っているからだった。

「……どんなお話ですか？」

「お乗りください。中でお話しさせていただきます」

「いえ、私は」

「どうかお時間をいただけないでしょうか。お願いいたします」

深々と高木が頭を下げるので、千里は慌てた。

「わかりました。乗りますから、やめてください」

往来のあるところで頭を下げられては悪目立ちする。高木は顔を上げると「ありがとうございます」と言って後部座席のドアを開けた。

「どうぞ」

高木に促され車に乗り込んだ千里は、息を呑んだ。反射的に車から出ようとしたが、一足早く高木がドアを閉める。ほどなくして車が静かに発進した。乗り心地は最高にいいが、居心地は最高に悪い。理由ははっきりしている。隣に座っている男のせいだ。

「……私になんの御用ですか」

沈黙に耐えかねて、千里は尋ねた。

「頼みがある」

低音の、艶のある声。千里は隣に座る人物に目をやった。

「仕事でしたら烏島を通してください」

「仕事ではなく個人的な頼みだ」

七杜家当主直々の個人的な頼み。嫌な予感を覚えた千里は身構える。

「もちろん、ただでとは言わない。対価は払う。欲しいものがあれば用意しよう。可能な限り望みは叶える」

「欲しいものも叶えてもらいたい望みもありません」

「叔父の件で苦労しているようだが」

千里は横目で元彰を見た。

「……他人様に解決してもらうようなことではないので」

千里は窓の外に視線をやった。ずいぶんと車のスピードが遅く感じる。早く家についてほしいと、それだけを願った。

「来月の一日、玖相寺で七杜家にとって重要な儀式が執り行われる」

千里の態度をどう受け取ったのか、元彰は勝手に話をはじめた。

「七杜家の跡取りが数えで二十になる年の令月に玖相寺で見子から祈禱を受け、繁栄を祈る儀式だ」

「それがなにか？」

「きみにもその儀式に出てもらいたい」

千里は怪訝な目で元彰を見る。

「……どうして私が？」

「宗介を助けてやってほしい」

千里は動揺した。宗介を助ける。想像もしていなかった頼みだ。

「……儀式でなにか起こるんですか？」

「寺と協定を結んでいる関係で私の口からは説明できない」

元彰の言っていることは本当かどうかわからない。千里がそれがどんな協定であるかを確かめることはできないからだ。

「……宗介さんは私に助けられることを望んだりしないと思います」

宗介を助けることができるような能力も甲斐性も自分にはない。逆にプライドを傷つけてしまう可能性もある。そのとき、くっと押し殺したような声がした。怪訝に思いながら元彰を見れば、口元を緩めて笑っている。

「そうだな。あれはプライドが高い」

なにがおかしいのか、元彰は口に手の甲を当てて笑っている。

「大抵のことはひとりで解決できてしまう能力が仇になって昔から他人に助けを求めるのが得意ではなかった。母親を失ってからは特に」

「それなら七杜さんが手を差し伸べればいいと思います」

「人の使い方なら教えられるが、甘え方は教えられない」

「どうしてですか？」

「私には不要だったからだ」

その声からはどんな感情も読み取ることができなかった。千里が言葉に窮していると、元彰がゆっくりとこちらに視線を向ける。初対面のときは宗介にあまり似ていないと思ったが、こうして話をしてみるとやはり親子だ。

「引き受けてもらえるかな」

車が停車した。

「お断りします」

窓の外には見慣れたアパートが見える。千里はようやくこの空間から抜け出せることに安堵していた。ドアハンドルに手をかけるが、ロックがかかっていて開かない。

「きみが寺に泊まった夜、あの場所でなにがあったのか真実を知りたくはないかね」

まだ話は終わっていなかったようだ。

「知りたいと言えば教えてくれるんですか？」

「寺に行けばわかる。引き受ける気になったら高木に連絡を」

高木が外からドアを開けてくれた。

「烏島は信用できる人間ではないよ」

車から降りようとしていた千里は、おもむろに元彰を振り返る。

「……七杜さんは信用できない人間に仕事を頼んでいるんですか？」

「違う。きみにとって、という意味だ」

「私？」

嫌な予感を覚えながらも、聞かずにはいられなかった。

「きみの叔父に先物取引を持ちかけたのは、烏島の知人だ」

＊＊＊

千里は煎餅の空き缶の中から預金通帳を取り出した。

この普通預金の口座は、千里が高校生のときに叔父の新二に付き添われて開設したものので、亡くなった両親の保険金や自宅を売ったお金を入れていた。

通帳を捲る。

叔父の新二による引き出しがはじまったのは昨年の六月——千里が烏島とはじめて顔を合わせた直後のことだった。

蒐集家と執集家

平常心。

千里が金属製のドアの前で深呼吸していると、電線の上にいるカラスと目が合った気がした。さっさと中に入れと言われている気がして、千里はドアノブに手をかける。

「おはようございます」

中に入ると烏島が珍しくソファで転寝《うたたね》していた。千里はそっと近づき、足元にしゃがみ込む。長いまつ毛が青白い頬に影を落としていた。生気のない人形のようだ。

千里はこの美しい男が、欲しいもののためには手段を選ばないことを知っている。

昨日、元彰から聞いた情報が正しいとは限らない。千里を揺さぶるための作戦かもしれないので鵜呑みにはできない。そもそも千里のお金を使い込んだのは、誰かに強制されたわけではなく新二の意志であることに間違いはないのだ。

「人の寝顔を見ながら考え事かい？」

千里はハッと我にかえった。眠っていたと思っていた烏島が、楽しそうな表情でこちらを見ている。

「起きてたんですか？」

「起きたんだよ。熱い視線を感じてね」

「熱いって……あ」

千里はテーブルの上に丁寧に梱包された箱が置かれていることに気づいた。昨日、烏島が持ち帰ることを渋った銅鏡だ。

「宗介さんが持ってきたんですか？」

「いや、高木さんが持ってきてくれたんだ」

ソファから立ち上がった烏島は、腕を伸ばして伸びをする。

「烏島さん、頼まれていたエナジードリンク、買ってきましたよ」

出勤前に烏島から連絡があり、エナジードリンクを買ってきてほしいと頼まれたときにはかなり驚いた。銘柄の指定はなかったので適当に五本ほど選んで購入した。

「ああ、ありがとう」

「冷蔵庫に入れておきますね」

「重かっただろう？　悪かったね」

「いえ、平気です。烏島さんが飲むんですか？」

烏島が紅茶以外を飲んでいるところを、これまで千里は見たことがない。

「いや、飲むのは僕じゃない」

烏島が言ったとき、二階のドアがせわしなくノックされた。

「噂をすればだ。どうぞ」

勢いよくドアが開いた。

「烏島クン、今度は一体なんの用ですか！」

鼻息荒く入ってきたのは、烏島の知人である守田竜生《もりたたつき》だ。灰色のオーバーコートにリュック。ヘルメットのように綺麗に切りそろえられた髪。童顔も相まって相変わらず学生のようだ。

「久しぶり、守田くん。さっそくだけど仕事の依頼をしたいんだ」

「先月会ったばっかりですよ！　うちは一般の検査依頼は受け付けられないって何度言ったらわかるんですかっ」

早口で言いながら、黒縁の眼鏡の奥に見える細い目で烏島を睨みつける。守田は食品や環境衛生などの検査や分析を行う研究所の職員で、先月も烏島が私用で仕事を頼んだばかりだった。

「そう言いながらも毎回律義に来てくれるじゃないか」

「無視すると鬼連絡してくるからでしょ！　ボクは今日大事な予定があるんです。忙しいんですよ。余計な仕事を受けられる時間も余裕もないんですからね」

ブツブツ文句を言いながらも、守田は来客用のソファに座った。

「で、用件は？　ここまで来たので一応聞くだけ聞いてあげます」

「目黒くん、頼めるかな」

烏島に目顔で合図され、千里は頷く。守田が来た時点で、彼がなんのために呼ばれたのかはすぐにわかった。応接テーブルの上にある箱の梱包を丁寧に解き、蓋を開ける。中に入っている銅鏡を見た守田の目が鋭く光った。

「銅鏡ですね」

「よくわかったね」

「たまーにこういう文化財的なやつの分析を業務委託で引き受けるんですよ。で、なにを調べたいんです？」

銅鏡から目を離さないまま、守田が聞く。

「その鏡が作られた時代を知りたい」

「手に取って確認してもいいですか？」

守田は手袋を両手にはめると、箱から銅鏡を取り出し、慎重に両面を観察した。

「状態はよくないですねぇ」

「成分分析は可能かな？」

「可能ですよ。一部試料として採取すれば正確な配合割合を割り出せると思いますけど」

「いや、傷つけるのはご法度だ。非破壊でお願いしたい」

烏島が言うと、守田は顔を顰《しか》めた。

「非破壊分析で正確な数字を出すのはかなり難しいんですよ。この鏡、錆だらけですし」

「難しいだけで不可能ではないんだろう？　ぜひお願いするよ」

守田はげんなりした顔をする。

「銅鏡が作られた年代が知りたいんですよね。配合組成はわかっても、そこから先はボク専門外なんですけど」

「配合と割合を出してもらえれば、あとはこちらで調べるよ。引き受けてくれてありがとう、守田くん」

「ちょっと待ってください。ボク、まだやるとは言ってませんよ！」

焦ったように守田が言う。

「先月も面倒な依頼をされて大変だったんですよ！　ボクは餌がないと動けない人間なんです。今回はなにか用意してもらえるんですか？」

「エナジードリンクを用意してるよ。足りなければ箱ごと仕事場に送るけど」

「ボクはそんな安い男じゃないです！」

守田はプリプリ怒っている。千里が気の毒に思っていると、守田と目が合った。その瞬間、眼鏡の奥に見える細い目がキラリと輝く。

「守田くん？」

突然黙り込んだ守田を不審に思ったのか、烏島が声をかける。

「いいですよ。引き受けます。ただし条件があります」

守田はそう言って、千里を指さした。

「今夜、目黒クンをボクに貸してください」

＊＊＊

「これ、本当に全部ごちそうになっていいんですか？」

テーブルの上に所狭しと並んだ飲み物と食事の皿を見て、千里はテーブルの向かいに座っている守田に尋ねた。

「そのために連れてきたんですよ」

守田は紙おしぼりで手を拭きながら言う。

銅鏡の成分分析を引き受けるかわりに守田から提示された条件とは、ゲームのコラボカフェに付き合うというものだった。ドリンクとフードについてくるおまけのコースターが守田の目当てらしい。店内はゲームのキャラクターやパネルが飾られ、世界観を再現していた。ドリンクや食事もゲームのキャラモチーフらしく、とても凝っている。

「とりあえずドリンクはひとり四杯がノルマです」

「四杯ですか……」

鸚鵡《おうむ》返しに呟く。

「お残しは厳禁です。胃に余裕があればデザートも追加注文しますんで。ボクも頑張りますが、目黒クンもできるだけ頑張ってください」

「は、はい。がんばります」

守田の眼鏡の向こうの鋭い眼光に気圧されながら、千里はフォークを手に取った。目の前にある紫色のパスタの上には、キャラがプリントされた薄いウエハースが載っている。それを壊さないように横に避け、フォークを差し込む。正直あまり食欲をそそる色ではなかったが、これは仕事なのだ。おそるおそる口に入れてみると、意外にもおいしかった。

「……おいしいです」

「今回提携しているカフェの運営会社が、料理やドリンクがまあまあうまいところなんですよ。クソなところは本当にクソなんで」

守田はそう言いながら、ドリンクを飲み、ハンバーガーにかじりつき、まるで任務のように食事を進めていく。

「守田さんはよくこういうカフェに来るんですか？」

「必要があれば来ます。目黒クンはこういう場所ははじめてですか？」

「はい、はじめてです」

「ゲームに興味ないと思うので居心地は悪いでしょうが、まあ仕事だと思って頑張ってください」

初めて経験する世界観に戸惑いはしたが、居心地は悪くない。守田と顔を合わせるのはこれで二度目なのに一緒に食事をしても苦にならないのは、彼が千里に個人的なことを一切質問してこないからだと、途中で気づいた。

「食費が浮くので私としては助かります。でもソフトドリンクを何杯も飲むのは結構大変ですね」

鮮やかなブルーのジュース。炭酸入りで、グラスの底にはカラフルなジェリーがたっぷりと沈んでいる。アルコールと違いジュースはおなかにたまるので、飲みきるのは容易ではない。以前、守田はエナジードリンクしか受け付けないと言っていたのに大丈夫なのだろうか。

「結構どころか、かなり大変ですよ」

「ひとりで来たときはどうしてるんですか？」

「全部飲んでますよ。おまけだけゲットしてお残しするマナーの悪い輩もいますが、ボクはそれだけはしたくないんで」

キリッとした表情で守田が眼鏡の縁を押し上げる。

「でもおまけがランダムなの、辛くないですか？」

「辛いですよ。金は出すから選ばせてくれと毎度思いますね」

そう言いながら、守田はため息をつく。食事やドリンクについてくるおまけのコースターは全八種類なのだが、守田の欲しいキャラはまだ出ていなかった。

「物欲センサーが働くのか、欲しいものだけ出ないことが多いんです」

「それでも来てしまうんですね」

「ランダム商法はクソですけど、なんだかんだ手に入れれば許せてしまうんですよ。ランダムだからこそ当たったときの喜びは格別で……完全に足元見られてますけど」

守田は険しい表情だ。自覚がありつつも、やめられない様子だった。一種のギャンブルのようなものなのかもしれない。

「目黒クン、デザートの生クリームワッフルとドリンクもう一杯いけますか」

四杯目のドリンクを飲み終わったところで、守田から打診される。

「いけると思います」

食事は無理だがデザートならいけそうだ。守田が店員を呼び、追加の注文をする。

「それはどうするんですか？」

コースターを整理していた守田に、千里は尋ねた。

「欲しいもの以外は手放しますよ。交換とか買い取りとか」

「集めたものは部屋に飾るんですか？」

「モノによっては飾ったりもしますが、汚れたり傷がついたりするのが嫌なので。こういうコースターの場合はホルダーに入れて保管していますね」

手に入れて終わりではなく大事に保管する。千里は感心した。

「守田さんも烏島さんに負けないくらい熱心なコレクターなんですね」

「烏島クンとボクは違いますよ」

守田ははっきりと否定した。

「そうなんですか？」

「そうです。ボクの場合、手に入れたらそれで終わり……というわけではないですが、手に入れた瞬間がピークなんですよね。興味が薄れればトレードしたり、手放したりすることもあります。でも烏島クンは一度手に入れたものは絶対に手放さない」

森田はそう言って、氷が溶けて薄くなったドリンクに口をつける。

「手に入れるよりも、所持し続けることの方が難しいんですよ。個人では管理できるキャパに限界もありますしね。その点、烏島クンはすごいですよ。増え続けるコレクションすべてに対し情熱をもって管理し続けているんですから。そこそこのコレクターでも真似できるものではありません。あれはコレクターという域を超えた執着ですね。蒐集家ではなく執集家です」

守田がじっと千里を見つめる。

「まあでも、人間ははじめてかもしれません」

「え？」

「あなたですよ、目黒クン。烏島クンのコレクションなんでしょう」

千里は目を見開いた。

「……烏島さんが言ったんですか？」

「いいえ。烏島クンが特定の人間をずっと置いておくことなんてありえませんから、さすがに解ります。だから目黒クンを条件にこうして連れ出したわけですよ」

守田は勝ち誇ったような顔をする。

「おかげで面白い顔が見られました」

「誰の？」

「烏島クンです。非常に面白くないって顔をしてましたね」

守田の出した条件を、烏島は千里の意志を確認することなくあっさり呑んだ。そんな表情をしていたとはにわかには信じがたい。

「本当ですか？　私にはそうは見えませんでしたけど……」

「まあ、ごく僅かな変化ですから気づかないのも無理はないでしょう」

「守田さんは烏島さんのことをよく知ってるんですね」

千里が言うと、眼鏡の奥の細い目がキラリと光った。

「ボク、もしかして目黒クンに嫉妬されてますか？」

「し、嫉妬？　してません！　ただ、烏島さんの考えはなかなか読めないので……」

千里が慌てて首を横に振ると、守田は「なるほど」と眼鏡をくいっと押し上げる。

「目黒クンは不安なんですね」

「えっ？」

「確かに烏島クンは非常に変わり者で道徳心もなく倫理性に欠けている男ですが、コレクションに対しての愛情は本物です。移り気でもなく飽き性でもなく、愛だ恋だと主張する人間よりはよっぽど誠実ですよ。一緒にいれば不信感を抱くことも多々あるでしょうが、そこだけは信用していいと思います」

千里は守田をじっと見つめる。

「……もしかして守田さん、私を励まそうとしてくれていますか？」

「なぜそんな面倒なことをしなければならないんですか。ボクは事実を言っただけです」

店員が追加で注文したドリンクとデザートを運んできた。千里と守田、それぞれにコースターを裏返して置いていく。おそるおそる確認していた守田の顔が、絶望に歪《ゆが》んだ。

「守田さん」

「……なんですか？」

胡乱《うろん》な目をしている守田に、千里は自分のおまけのコースターを差し出した。

「どうぞ、無欲の勝利です」

竜舌蘭の棘

千里は仕事帰りに、七杜家を訪れていた。

烏島から渡してほしい書類があると頼まれたのだ。宗介はいなかったが、高木に話が通っており無事渡すことができた。用を済ませて帰ろうとすると、玄関先で恰幅《かっぷく》の良い女性とほっそりした女性の二人組に出くわした。

「千里ちゃんじゃない」

使用人頭のカサネとその姪であるサキだ。

「こんにちは、カサネさん、サキさん」

七杜家の使用人とは、以前、仕事で使用人見習いをして以来、面識がある。

「え、待って。宗介坊ちゃんと一緒に買い物に出かけたのって千里ちゃんじゃないの?」

サキがカサネを振り返る。カサネは千里の顔を気まずそうにチラリと見てから、首を横に振った。

「竜子さまだよ」

「ええ、またあの子なの？　信じられないんだけど」

サキが不満そうな顔をする。それをたしなめるように、カサネが「サキ」と名前を呼んだ。

「あの……なにかあったんですか？」

千里が尋ねると、サキは困ったような顔になる。

「何かって言われると何もないんだけど……三日前に千里ちゃん、七杜家に来てたでしょ。竜子って子と会った？」

マジックミラー越しに姿は見たが、あれは会ったとは言わないだろう。

「会ってはいませんけど、彼女のことは知っています」

「あの子、坊ちゃんを連れまわしてるのよ。このお忙しい時期に」

千里は驚いた。

「そうなんですか？」

「そうなのよ。ただでさえ本家に泊めるなんて特別待遇なのに……それも部屋は亡くなった奥さまの部屋。九條家の大事な客人って話だけど、それでもね……元彰さまも宗介坊ちゃんも何を考えているのかしら」

よっぽど不満をため込んでいるのか、サキは千里に早口で訴える。

てるんだし」
「サキ、そんなこと言うもんじゃないよ。竜子さまはお客様なのにお手伝いもしてくれ
「でも、お手伝いを申し出るのは高木さんとか坊ちゃんの前だけでじゃない。アピール
するためめってていうの？　それに汚い仕事はせず楽な仕事を選んでるし、なんだかずるい
感じがするのよねぇ。昨夜も宗介坊ちゃんに夜食作って持っていくって厨房使って、後
片付けもしてなかったでしょ。へいきっちゃんの食材を勝手に使ったのに報告もナシ。
謙虚に見せかけて図々しいっていうか……」
「サキ」
「だいたい手伝えばいいってもんじゃないのよ。私たちの仕事を奪わずに、私たちの仕
事に素直に感謝してくれる九條のお嬢様の方がずっと気が利いているわ」
「サキ、いい加減におし」
カサネに睨まれ、サキは肩を竦める。
「はいはい。黙りますよ」
サキが黙ると、カサネは千里に笑顔を向ける。
「ごめんなさいね、千里ちゃん。変な話聞かせちゃって」
「いえ、いいんです。では私はこれで」

どこかぎこちなさの残る空気のまま、千里はふたりと別れた。七杜家には、これまでとは違う空気が流れている気がする。どんなと聞かれてもうまく言葉にできそうにない。ただ、早足で立ち去りたくなる。それだけは確かだった。

「おまえが千里なのか」


声がした方を見る。美しい庭園の池の辺に少年が立っていた。千里の名前を呼んだのは彼らしい。

「はい。そうですが……」

少年の着ている臙脂《えんじ》色のブレザーは確か神除市の名門小学校の制服だ。愛らしい顔立ちは女の子のようにも見えるが、その目つきは大人顔負けに鋭い。七杜家にいるということは親戚の子なのだろうか。少年は千里のことを知っているようだが、千里には覚えがなかった。

「すみません、どこかで会ったことがありますか？」

千里が尋ねると、少年は足早に千里に向かって近づいてきた。明るい栗色の髪の毛がふわふわと揺れる。

「姉さんをいじめるな、クソビッチ」

花びらのような愛らしい唇から放たれたとんでもない言葉に千里は絶句する。少年は反応のない千里をつまらなそうに一瞥してから、家の方へと走り去った。

「……なんだったんだろう」

衝撃から抜け出せないまま、千里は七杜家の敷地から出る。横断歩道の信号が変わるのを待っていると、少し離れた場所に黒い高級車が停車した。このあいだもこんなことがあったなと思いつつ警戒していると、運転手が降りてきた。高木ではないが、見覚えのある顔だ。後部座席のドアを開ける。出てきたのは白いロングコートを着た若い女性だった。

「ここでいいわ。お迎えはまた連絡するから」

運転手にそう言って、女性はパンプスのヒールを鳴らしながら千里に近づいてきた。

「目黒千里さんでしょう」

「はい、そうです」

直接顔を合わせるのはこれで二度目だ。距離が縮まるとデパートの化粧品売り場に入ったときのような香りがした。

「私のこと、知ってます？」

「……小石さんですよね」

「竜子と呼んでください」

名前の呼び方を要求され、千里は面食らう。

「目黒さん、これから時間あります？」

「……なにか私に用でしょうか？」

用件を言わず予定を聞かれるのは苦手だ。相手が仕事の調査に深く関わっていれば、なおさら。

「あなたに忠告したいことがあるんです」

竜子はそう言って、微笑んだ。

＊＊＊

「こんな場所を知ってるなんて意外ですね」

ボックス席についた竜子は足を組み、店内を見回しながら言う。最初、千里は喫茶店を提案したのだが、すぐに却下された。飲める場所がいいと言われ、連れてきたのがこの店だ。

「よく来るんですか？」

「いえ、よくと言うほどではないんですが……」

ここは鳩子がオーナーをつとめるゲイバーだ。電話で連絡すると、二つ返事で開店前の店を使わせてもらえることになった。テーブルの上には焼酎のボトルと水のペットボトルが既に用意されている。テーブル席から少し離れたカウンターの中ではヘッドホンをつけたノーメイクの鳩子がスマホを弄っていた。

「目黒さん、スマホこっちに渡してもらえます？」

「え？」

「盗撮や録音されたりしたらたまりませんから」

千里がスマホを渡すと、竜子はそれをテーブルの上に置いた。

「あの、私に忠告って……？」

「あなた、宗介君には関わらない方がいいですよ」

忠告の内容よりも、竜子の親しげな『宗介君』呼びに驚いた。

「……宗介さんとは仕事だけで個人的な付き合いはないんですが」

「それにしては距離が近すぎるんじゃないですか？　誤解するコもいると思いますけど」

「いえ、そんな誤解をされるような関係では」

「寺で殺されかけたでしょう？」

千里は驚き、竜子を凝視する。

「私ね、目黒さんを殺そうとした犯人を知ってるんです」

「誰ですか」

「目黒さん、お酒は飲めます？」

突然話が変わり、千里は困惑する。

「いいえ、私はあまり強くないので……」

「あ、そうですか。お願いしまぁす」

竜子が手をあげると、ヘッドホンを外した鳩子がカウンターから出てきた。

「テキーラ、ボトルで。あとアイスとおしぼりもください」

「グラスはいくつ？」

「ひとつで」

しばらくして鳩子がテキーラのボトルとグラス、氷の入ったアイスペールとおしぼりを運んできた。アイスとはアイスクリームではなく氷のことだったらしい。竜子は慣れた手つきで焼酎の水割りを作ると、今度はテキーラのボトルを開ける。ショットグラスになみなみと琥珀色の液体を注ぎ、千里の前に置いた。

「ワンショットにつき、ひとつ質問に答えてあげます」

お酒は強くないと言った千里にテキーラを飲ませるつもりらしい。かなり悪趣味だ。

「どうします？」

「……飲みます」

仕方なく千里はグラスを手に取り、ひと息に呷《あお》った。喉が焼ける。相変わらず苦手な味だ。水の入ったグラスに手を伸ばそうとすると、竜子が取り上げる。目が合うと、彼女はにっこりと微笑んだ。水は飲むなということらしい。

「おいしいですか？」

「……おいしくはないですね」

正直に感想を言うと、竜子は上機嫌で笑った。

「じゃあ質問をどうぞ」

「私を殺そうとした犯人を教えてください」

「成香さんです」

千里は竜子を見つめ返した。

「……本当ですか？」

「本当ですよ。あの夜、成香さんはあなたに眠剤入りのお茶を飲ませたんです。あのコの父親、島の病院で医者やってるって知ってます？　薬も簡単に手に入れられる環境にいるんですよ」

成香の父親については初耳だった。

「鑑定の仕事も車の故障も嘘。配達の女と車が故障したと口裏合わせをして、あなたを寺に引き止めたんです」

「……成香さんが私を殺そうとした理由は？」

竜子が空になった千里のショットグラスにテキーラを注ぐ。なみなみと満たされた液体。千里はグラスを呷る。これで二杯目。

「宗介君のそばにいるあなたが邪魔だったからに決まってるでしょう？」

竜子はおしぼりで水割りのグラスから落ちた水滴を拭うと、三角折りにして、テーブルの端に寄せる。

「自分が宗介君に一番近い場所にいると思っていたのに、別の女がいたわけです。排除しようとするのは当然ですよ」

「成香さんは頭のいい女性です。なにも失うものがない人じゃないんですから、そんな軽率で馬鹿な真似をするとは思えません」

千里が言うと、竜子はむっとしたような表情をする。

「あのコ、気弱そうに見えて金持ち特有の傲慢な性格ですよ。わがままで自己中で、嫉妬深いんです。宗介君のような男の子が最も嫌うタイプ」

「……宗介さんが？」

「そうですよ。彼は小さいときにお母さんを亡くしているでしょ。愛情に飢えているんです。それは普通の家庭で育った女にしか与えられないもの。成香さんのような特殊な環境で育ち、お金と家柄で何でも手に入れてきたようなコには無理な話なんですよ」

宗介が愛に飢えているとは思わなかった。それに成香も、お金と家柄で何でも手に入れてきたようにはとても思えない。

「とにかく成香さんは自分以外が特別視されるのが嫌いなんです。そのせいで私はあのコからずっと嫌がらせをされてきたんですから」

「嫌がらせって？」

千里が尋ねると、竜子がまたテキーラを注いだ。千里はそれを喉に流し込んだ。三杯目。

「あのコ、私が見子であることが気に食わないんです。知ってます？　玖相寺の見子が七杜家にとってどれだけ重要な存在なのかを」

「知りません」

見子は『島の宝珠』と呼ばれるほど九條家にとって大事な存在だと聞いている。反対に七杜家は見子について特に気にかけているそぶりはなかった。

「見子は七代先までの繁栄と幸運を七杜家にもたらすんです。見子である私以外にそれができる存在はいません」

「御利益をもたらすのは飛女島聖天じゃないんですか？」

竜子は鼻で笑った。

「あの寺に飛女島聖天なんて存在しませんよ。あの厨子に祀られていたのは七杜家の家宝なんですから」

「小石さんはどこで」

「竜子です」

「……竜子さんはどこでそのことを知ったんですか？」

四杯目のテキーラを飲んでから、千里は尋ねる。

「住職から聞いてませんか？　私、『竜眼』という特別な目を持っているんです」

竜眼、すべてを見通すと言われる目。竜子は臆することなく堂々と語る。

「成香さんはどうしても私をご本尊を盗んだ犯人にしたいようですけど、違います。私は何者かに盗み出されて捨てられていたご本尊を見つけ出したんです。竜眼でご本尊の本当の姿を霊視し、本来の持ち主にお返ししただけ」

「竜眼ではなにを見ることができるんですか？」

竜子が千里のグラスにテキーラを注ぐ。これで五杯目だ。

「すべてのことが見えます。私、小さい頃からこの能力で人助けをしていたんです。友達がなくしたものを見つけたり、行方不明の子供を捜したり」

「それは……すごいですね」

「私にとってはたいして難しいことじゃありません」

一般社会ではどうあっても認められない超能力だが、竜子には自信があるようだった。

能力を使って人助けをした実績があるからかもしれない。

「超心理学を研究している先生にも特別な力だと診断されました」

十川のことだろうか。千里は彼女にクリニックのことを尋ねようと思ったが、やめた。藪蛇《やぶへび》になってはまずいからだ。

「竜子さんはどうやって透視するんですか？」

六杯目のテキーラショットを飲み干して、千里は聞いた。

「透視ではなく霊視です。言い直してくれます？」

「……どうやって霊視するんですか？」

質問し直すと、竜子の機嫌が上向く。

「不意に神様が降りてくる瞬間があるんです。そのときにいろいろなものが見えるようになる。力に制限はありませんけど、神様が降りてくるタイミングはコントロールできないので、いつも見えるわけではありません」

竜子の持つ眼は、神がかり的なものらしい。千里の過去視の能力とは毛色がまったく違うようだ。

「あなたのことも霊視したんですよ、目黒さん」

「え……」

「子供の頃、幻覚を見るようになって精神科のクリニックに通っていたでしょう?」

千里は息を吞む。

「……どうしてそれを」

「言ったでしょう。私には霊視能力があるって」

自分のことを暴かれてしまうかもしれないという恐ろしさを感じる。両親が千里のことを恐れ腫れものに触るように扱っていた理由を、今になって千里は理解することができた。

「で、結局のところどうなんですか?」

竜子は千里をチラリと見た。

「……なにがですか？」

冷や汗が流れる。竜子の霊視能力にすべて丸裸にされてしまうのではないかと気が気ではなかった。

「クリニックでの診断ですよ。なにか特別な力があったわけじゃないんでしょ？」

「あ……はい。私の場合は一時的に幻覚の症状があっただけなので」

千里が答えると、竜子は水割りを飲み干した。

「そのこと、誰にも言わない方がいいですよ。精神科のクリニックにかかっているってだけで悪印象を抱く人もいるし、その上、幻覚がどうこうなんて言ったらどうかしてると思われますから」

「それは……もちろん言うつもりはありませんけど」

千里自身、自分の能力を未だに信用していないところがある。もともと努力で手に入れたものではない力だ。ある日突然、使えなくなる可能性もある。たとえ精度が上がり視たいものが好きに視られるようになったとしても、一般社会で通用しないということを肝に銘じておかなければならない。

「じゃあ私はこれで」

竜子は千里にスマホを放り投げると、機嫌良く店を出て行った。

「テキーラワンショットにつき質問ひとつですって？　いい性格してるじゃない」

ペットボトルを持った鳩子が、竜子が座っていた場所に腰を下ろした。

「鳩子さん、席を用意してくださってありがとうございました」

「それより水飲んで」

鳩子が蓋を開けたペットボトルを千里に渡す。千里は素直にそれを呑み干し、テキーラの後味を洗い流した。

「なんで受けちゃったの」

「鳩子さんのお店だったので、安心して飲めると思って」

酒が飲めるかどうか確認してからのテキーラショットは確かに趣味がいいとは言えないが、飲むと決めたのは千里だ。それに収穫はあったので問題ない。

「そりゃ目は光らせてるけど、さすがに千里ちゃんのアルコール耐性まではわかんないからね。気分は悪くないの？」

「はい、大丈夫です」

千里はおしぼりで口元を拭う。意識もはっきりしているし、気分も悪くない。

「千里ちゃん、もしかしてお酒強い？」

「いえ、苦手です。でもテキーラは前の勤め先の飲み会で飲まされたことがあって……十二杯までは大丈夫だったので」

入社してすぐに取引先との接待の場に連れて行かれ、お酌するよう上司に命令された。そこで酔っぱらった接待相手からテキーラを強要されたのだ。千里は困惑したが、上司からは助け舟どころか逆に飲むよう圧をかけられた。結果、何杯飲んでも千里が酔わないことがわかると、取引先の男は「面白くない」と悪態をついて退いてしまった。後で先輩から新入社員が必ず通る洗礼だと知らされ、げんなりしたのだった。取引先の男や上司に比べれば、竜子はまだ良心的な方だと思う。質問にもしっかり答えてくれた。

「もう二度としちゃだめよ。危ないから」

鳩子は呆れたような表情で千里を見る。

「はい、気をつけます」

お酒やグラスに細工をされていないか力を使って確かめていたと鳩子には言えない。薬が入っていないとしても、アルコールは判断力を鈍らせる原因になるので要注意だなと千里は改めて自分を戒めた。

「あの、鳩子さん。お会計はおいくらですか?」

おそるおそる千里は鳩子に聞いた。足りなければ銀行でお金をおろしてこなければならない。

「ああ、いらないわよ」

「えっ」

「廉ちゃんにつけとくから」

千里は焦った。烏島に知られるくらいなら、高い伝票をもらった方がまだましだ。

「鳩子さん、今日は仕事ではないので自分で払います」

「あの子、小石竜子チャンでしょ？」

千里は驚いた。

「どうして彼女の名前を？」

鳩子はテーブルの下から何かをとって千里に見せる。

「盗聴器よ」

「盗聴器！」

鳩子はフフンと不敵に笑う。

「もちろん普段の営業ではこんなことしてないわよ。実は廉ちゃんに小石竜子について調べてくれって頼まれてたのよね」

「烏島さんに？」

「そ。でもあの子に関してはなかなか情報が摑めなくてね。だから千里ちゃんが連れてきてくれて助かったわぁ。あ、もちろんあなたたちの会話はそのまま廉ちゃんに筒抜けになってたからよろしくね」

青くなる千里に、鳩子は目を細める。

「無茶した分、しっかり叱られなさい」

成り上がりの持ち駒

「二日酔いは大丈夫かい？」

デスクに頬杖をついた烏島が、にこやかに千里に尋ねた。

「お、おかげさまで……」

昨夜の件は鳩子の宣言した通り、すっかり烏島の耳に入っているようだった。酒残りもなく体調は絶好調だ。

「僕になにか言うことは？」

「勝手なことをして申し訳ありませんでした」

千里が深々と頭を下げると、烏島はため息をついた。

「鳩子さんの店を選んだのは賢明だった。今回だけは目をつぶるよ」

「あ、ありがとうございます」

「今後テキーラは禁止だ。いいね？」

「は、はい」

千里は頷いた。酒は苦手なので進んでは飲まない。テキーラを禁止にされても特に問題はなかった。

「烏島さん、あの、小石さんのことなんですけど」

「やりとりは全部聞いたよ。鳩子さんが会話を録音したデータを送ってくれた」

烏島は千里にタブレットを渡す。

「小石竜子の改名前の名前で検索をかけてみた」

画面に表示されていたのは『千里眼を持つ奇跡の少女』という胡散臭い見出し。雑誌の記事の切り抜きだ。今から十二年前、行方不明になっていた幼稚園児を女子中学生が発見したというニュース記事だった。女子中学生の名は『小石優実』。透視能力を持っているという一文に、千里ははじかれたように烏島を見る。

「これ、小石さんが言ってた……」

「行方不明の子供を発見したのは本当だったようだ。ニュースやテレビ番組でも取り上げられて、地元ではかなり話題になっていた。警察から表彰され、テレビや新聞、雑誌のインタビューにも応じてる」

竜子が自分の『竜眼』に自信を持っていた理由がよくわかった気がした。

「その後、行方不明事件を再現するテレビ番組にも出演している」

「再現？　すごいですね」

「いや、これを見るといい影響ばかりとは言えないんじゃないかな」

長い指が、千里の持っている液晶端末の画面をスワイプする。

「当時のインターネット上の掲示板に彼女が出たテレビについて語られたスレッドのキャッシュが残っていたんだ」

表示された掲示板の書き込みを見て、千里は目を瞠る。『神秘の力（笑）』『神秘の力を感じない庶民顔』『霊視とかアタマおかしいだけだろ』『ＪＣならなんでもいい』『こんなんテレビで流されたらオレなら二度と学校行けねぇわ……』『再現ＰＶで本人がパワー（笑）使ってるとこマジ共感性羞恥キツイ』『知り合いがこの子と同中なんだけど、そんな能力ないってよ』『今嘘つき呼ばわりされて不登校なってる』など、テレビを見た感想や、嘘か本当かわからない現状報告、赤裸々な言葉が並んでいた。

「テレビに出たのは結果的にマイナスだったようだね。彼女の通う学校の情報や警察に表彰されたときの写真なんかも掲示板にはりつけられている。消そうと思っても消せないデジタルタトゥーだ」

千里はぞっとした。十二年経った今でもインターネットで名前を検索すれば、過去の出来事がこうして明らかになってしまう。

「小石さんが改名したのはこれが原因だったんでしょうか？」

「これが理由なんだとしたら、もっと早く手続きしていただろう。名前だけの変更なら十五歳以上であれば可能だ。彼女の場合は自己演出するための改名だと僕は思う」

「自己演出……？」

そのとき、部屋のドアがノックされた。

「こんにちはぁ」

長身の美女が部屋の中に入ってきた。鳩子だ。黒のスリムなパンツに赤いジャケットを合わせている。相変わらずゴージャスだ。

「鳩子さん、昨日はありがとうございました」

「いいのよぉ。千里ちゃんが彼女をうちに連れてきてくれたおかげで、調査が進展したんだから。廉ちゃんの最初の読み通り、夜のお店に勤務してたわよ」

千里は烏島を振り返った。

「烏島さん、どうして夜のお店だってわかったんですか」

「彼女は高校卒業後、家出同然で東京に出ていたんだよ」

「……それだけでですか？」

「夜職には昼職みたいに履歴書も職歴も必要ないもの。住所不定でも寮があるから住むところにも困らない。無計画に都会に出た若い子が稼ごうと思ったら、結局行きつく先は夜職になっちゃうのよねえ」

　しみじみと言う鳩子に烏島が目を向ける。

「スピードと正確さが自慢の鳩子さんの調査が今回滞った原因は？」

「イヤミったらしい……いいえ、いい質問ね！　さっそくなんだけど、この写真を見てくれる？」

　鳩子が取り出したのは二枚の写真だった。制服を着ているあどけない少女と、昨日、鳩子の店で隠し撮りされたらしい小石竜子が写っている。

「このふたりは……？」

「ふたりじゃないわ。これ、どちらも小石竜子チャンなのよ」

　千里は驚き、二枚の写真を見比べた。子供と大人、ノーメイクとバッチリメイクの違いがあるとはいえ、顔の造形、輪郭が大きく違う。別人だ。

「彼女、整形してたの。ほら、目頭の粘膜が見えすぎてるのわかる？　蒙古《もうこ》ひだを切って切開してるのよ。二重幅もちょっと広すぎて不自然でしょ。一番大きな違いは輪郭ね。エラと頬骨削ってるのは間違いないと思うわ。鼻も変えてるわね。弄ってないところはないんじゃないかしら」

「整形で顔が変わっていたから見つからなかったってことかい？」

「そう！　だって最初は高校生のときの写真で捜してもらってたのよ。面影がないほど顔が変わってるんだから、そりゃ見つからないわよね。昨日うちの店で隠し撮りした写真を送ったらすぐにわかったわ」

鳩子の店に竜子を連れて行ったことで少しは調査の役に立てたらしい。千里はほっとしながら写真を眺める。

「整形ってこんなに変われるんですね……」

成香や汀のような、目を奪われるような美しさとは違うかもしれないが、整形後の竜子は華やかで、自信に満ち溢れているように見える。

「お金と時間はかかるけどね。千里ちゃんもやってみたい？」

「そんなお金があったら生活費に回します」

保険適用される医療費だけでも嵩張《かさば》ると痛いというのに、美容のための手術に大金を費やすことはできない。

「あら、整形したいって思ってる子はたとえ生活に困ってたって整形しようとするもんよ」

「えっ、そうなんですか？」

「そうよぉ。特に夜職は容姿で待遇変わってくるしね。高級店ならブスとデブは容赦なく面接で落とされるし、受かったとしても同じ席について同じように酒をつくってる女が自分より何倍ももらってたりする。客の態度だってあからさまに違うしね」

オブラートに包まない鳩子の言葉は、厳しい現実を浮き彫りにする。水商売は楽して稼げるとよく言われるが、お金をもらえる分、やはり甘くはないようだ。

「小石竜子は神除市に戻ってくるまで、ずっと東京の同じ店で働いてたのかい？」

烏島が聞いた。

「いーえ。整形前に働いてた店は当欠や遅刻のペナルティの罰金がかさんで飛んだって噂。そこからデリヘル、ソープと転々虫した後に、海外で整形。その後、そこそこの人気店で働きはじめてるから整形の効果はあったみたい」

さらりと告げられた経歴に千里は衝撃を受ける。だが烏島は顔色ひとつ変えなかった。

「東京ではいつまで働いていた？」

「去年の三月に辞めてるわ。一本釣りしてた太客の御曹司と結婚するって」

「小石竜子に婚姻歴はなかったはずだけどね」

「結局、結婚はしなかったの。その客、投資詐欺で捕まったのよ。出資者からお金集めて配当金として配る『ポンジ・スキーム』ってヤツ。御曹司っていうのも真っ赤な嘘だったらしいわ」

「その後は？」

「店に戻ろうとしたけど店側が断ったんだって。在籍してるとき人気のあるキャストに嫌がらせしたり爆弾したりで評判もかなり悪かったみたいね」

後で爆弾の意味を調べようと千里が考えていると、目ざとく気づいた鳩子が「爆弾っていうのは他のキャストの客を奪うことよ」と説明してくれた。

「他店にはいかなかった？」

「行けなかったのよ。高級店や人気店はトラブルメーカーをわざわざ入れないわ。引っぱれる客もいないし人気嬢ってわけでもなかったようだし」

「整形で綺麗になったのにですか？」

千里が聞くと、鳩子は苦笑した。

「残念だけど、整形って魔法じゃないのよね。今よりキレイになれる可能性はあるけど、誰もが振り返る美人になれるわけじゃないの。人気店には若くて可愛くて美人な子がたくさんいるし、天然美人にはどうやったってかなわない。容姿で勝負しようと思ったらかなり厳しいわよ」

叔父の新二に貯金を使いこまれて困っていたとき、千里の頭に一瞬過ったのは夜の仕事だった。しかし鳩子の話を聞いていると想像以上に厳しい世界のようだ。安易にはじめなくて本当によかったと心から思った。

「鳩子さん。整形の話はそれくらいにして、もうひとつ頼んでいた件はどうなった？」

「ハイハイ、ちゃんと調べたわよ」

烏島に催促された鳩子は、バッグから例のシルバーの加熱パイプを取り出した。

「これ、合法のリキッドだったわ」

「合法？」

烏島が怪訝な目をする。

「もちろん合法といっても安全性が考慮されたものじゃないわよ。所謂《いわゆる》危険ドラッグってやつね。法を抜けるために無理やり化学式を改変してる。しかもこれはかなりの粗悪品。吸ってた子の様子がおかしかったそうだけど、きっとバッド入っちゃったのね」

「鳩子さん、バッドってなんですか？」

話の腰を折るようで申し訳ないと思いながら、千里は鳩子に尋ねた。

「バッド・トリップのことよ。こういうドラッグって基本リラックスしたり気分をあげたりするために使うものだけど、本人の体調や精神状態によっては気分がどん底まで落ちたり、パニックになったりすることがあるの。粗悪品の場合は重金属や農薬を使ってたりするから、健康被害が出ることもあるのよ」

「健康被害が出るのに合法なんですか？」

「そうよ。合法だから罪にはならない。街に行けば売人はいるし、最近じゃマッチングアプリで売買したり、フリマアプリなんかでも売られてたりする」

健康被害の出るかもしれないものが身近で普通に出回っていることに、千里は恐怖を感じた。

「規制はされてないんですか？」

「今のところはされてないけど、近いうちちされるでしょ。でもこういうのはイタチごっこなのよね。すぐに新しい『合法』が出てくるから。で、これは誰がやってたの？」

「飛女島の寺の若い尼見習いが吸っていたそうだよ」

烏島が答えると、鳩子は同情するような顔つきになった。

「それはドハマりするでしょうね。あの島、娯楽なんてなさそうだし」

「依存性はあるのかな」

「身体依存はないって話だけど、アテにならないわ。確実に言えるのは、精神依存は絶対にあるってこと。一度覚えた快感を脳は絶対に忘れないもの」

鳩子が千里に顔を近づけてきた。

「するとき吸うとイイらしいわよ」

「する？」

「鳩子さん」

鳥島が咎《とが》めるような声を出した。

「過保護ねえ」

「せっかく報酬に色を付けようと思ったんですがね」

「えっ？　ほんと？　ありがとー！」

鳩子は千里から距離をとると、鳥島から報酬の入った封筒を受け取る。中身を確認してから「いつでもおシゴトお待ちしてるわ」とご機嫌で帰っていった。

ふたりきりになってから、千里は鳥島を見た。

「鳥島さん、そのリキッドを島に持ち込んだのは……」

「見子だろう」

鳥島ははっきりと言い切った。

「あの寺で小石竜子が見子に成り上がるためには『持ち駒』が必要だった。信頼関係を築くのに二か月は短いが、依存させるなら二か月あれば十分だ。禁欲的に生きてきたからこそ初めて知った快楽に逆らえない。寺の尼は情報を遮断され自分で判断するという能力を奪われた、いわば意思のない駒だ。依存させれば思いのままに動かすのは容易《たやす》かったろう」

「でも小石さんには見子の証である竜眼があります。わざわざ持ち駒を使う必要なんてなかったと思うんですけど……」

寺での絶対的な権力者である住職も、見子の生まれ変わりだと言うほど竜子の特別な力を信じていた。

「目黒くん、人間が他人に対して力を示そうとするのは、どんなときだと思う？」

烏島に問われ、千里は過去の記憶を手繰り寄せる。母親に対して必死に信じてもらおうとしていた自分の姿を。

「……自分のことを理解してもらいたいときですか？」

「違う」

烏島は首を横に振った。

「その人間が、なんの力も持っていないときだ」

名家の駒

「目黒くん、昼休憩にはいっていいよ」

応接テーブルで千里が領収証の整理をしていると、烏島に声をかけられた。時計を見ると、十二時を過ぎている。

「ちょっと外に出てきます。なにか買ってくるものはありますか？」

「エナジードリンクを買ってきてもらえるかな」

「エナジードリンク……あ、もしかして」

「うん。今日、守田くんが来る予定なんだ」

烏島が守田に銅鏡の分析を依頼したのが三日前。調査結果が出たのかもしれない。

「そういえば、守田くんとの食事はどうだった？」

烏島が思い出したように聞いてくる。

「すごく楽でした」

「楽？」

「はい。守田さん、個人的なことは一切聞いてこないんですよ」

食事中、守田は千里個人について一切質問してくることはなかった。会話の内容は、守田の趣味や目の前の食事についてだけ。こんな体験ははじめてだった。

「彼にとってはそれが普通なんだよ」

烏島は苦笑する。

「え、そうなんですか？」

「趣味から繋がった友人は互いの本名さえ知らないことも多いらしい」

千里は驚いた。

「それでも関係は続くんですね」

「むしろ個人的な情報を知らないからこそ続くんじゃないかな」

確かにそうかもしれない。相手を知りすぎてしまえば、逆に付き合いづらくなってしまうことはある。ある意味、打算のない純粋な関係だ。

烏島からエナドリ代を預かって店を出る。パン屋でサンドウィッチでも買おうと商店街に向かおうとしたとき、淡い黄色のスーツを着た女性が目に入った。

「……八木《やぎ》さん？」

汀の母親である八木五鈴《いすず》だった。五鈴は会員制の料亭の女将を務めている。昨年、質屋に持ち込まれた皿の件で知り合い、烏島の『二階の客』となっていた。

「目黒さんに話があるんです。少しお時間をいただけないでしょうか？」

五鈴の縋《すが》るような表情が汀のそれによく似ており、千里は断るという選択肢を早々に手放してしまった。

「……三十分くらいなら」

「十分です」

千里は質屋の近くにある喫茶店に五鈴を案内した。

夫婦がやっている小さな店。店内は常連客が本を読んだり勉強をしたりと、思い思いの時間を過ごしている。千里と五鈴はコーヒーを注文した。

「あの、私に話というのは？」

店員が立ち去ってから、千里は切り出した。

「汀に婚約の話が出ているんです」

「婚約……？」

千里は目を見開く。

「ええ。お正月に顔合わせがあったそうなんですが、途中で逃げ出したと七杜家から私に連絡がありました」

「……そうですか」

正月、汀が千里のアパートに来たのは、もしかして顔合わせの後だったのだろうか。

「目黒さん、なにか知りませんか」

「え？」

「汀に好きな人がいるとか」

汀は薄雪《うすゆき》荘の一件以来、烏島に好意を抱いているようだった。直接確かめたことはないが、間違いない。しかし五鈴が汀の母親だとはいえ、プライベートなことを本人の了承なく話すことはできない。

「いえ、知りません」

「そうですか……」

店員がコーヒーを運んできた。

「あの子もすべて承知した上で七杜家に行ったはずだったんだけど、いざ現実を突きつけられると怖くなってしまったみたい」

コーヒーにミルクと砂糖を入れながら、五鈴は呟く。

「当然です。汀さんはまだ子供なんですから」

汀がいくら大人びているとはいえ、まだ十六歳なのだ。自分の人生を決める大きな決断をするには、あまりにも早すぎる。

「残念だけど七杜家ではそうはみなされないんです。あの家で『娘』は『駒』でしかありませんから」

以前、七杜家の話になったとき、烏島が「美しい娘は将来使える」と言っていたことを千里は思い出した。

「あの家で見合いは義務でもあるんです。あの子はその義務から逃げ出した」

「でも汀さんは八木と名乗っていますよね？　完全に七杜家に入ったわけではないんでしょう？」

五鈴は元彰との間にふたりの子供を設けているが結婚はしていない。そのため汀は八木の姓を名乗っている。

「七杜の姓を名乗れるのは正妻の子供だけなんです。何らかの事情で跡取りがいなくなった場合は別ですけれど」

正妻とは、亡くなった宗介の母親だ。後継者争いを起こさないための線引きを徹底していることに、千里は感心した。

「話を断ることはできないんですか」

「当主の決定は絶対なんです。嫌なら七杜家から離れるしかないですけれど、あの子には他に行くあてがありませんから」

「八木さんがいるじゃないですか」

五鈴は首を横に振る。

「私は受け入れることができないんです」

「どうしてですか？」

「あの子が七杜に行く決断をした時点で、八木家は戻る場所ではなくなりました」

千里は喉元まで出かかっていた「母親なのに？」という言葉を呑み込んだ。母親だから、家族だから、親戚だから。千里自身がその呪縛に囚われて悩んでいるのだ。他人の家庭はまったくの別世界。口を出してはいけないテリトリーだ。

「それに……私が七杜の家のことに口を出せば、元彰さんの居場所を奪うことにもなりますから」

「居場所？」

「ええ。元彰さんが七杜家のしがらみを忘れて羽を休めるための居場所をつくるのが私の役割でもある。必要なんです。他人に弱みを見せず、平然とした顔をしてあの大きな家を取り仕切るためには」

千里は驚いた。正直、元彰と五鈴はもっとドライでビジネスライクな関係だと思っていたからだ。

「……八木さんは七杜さんのことを大事に思っているんですね」

「ええ」

五鈴は目を伏せる。

「世間の常識には当てはまらないかもしれないけれど……自分の道を歩みながら愛する人を支える人生もそう悪くはないんです」

「五鈴さん……」

「七杜家の当主は人生において自由な選択肢を持てませんから。宗介さまもこれから大変なご苦労を背負うことになるでしょうね」

宗介には心の拠り所となる人が必要だと言っていた高木の顔が頭を過る。元彰の姿を一番近くで見てきたからこそ、宗介のことを案じているのかもしれない。

「目黒さん？」

すっかり思考にふけっていた千里は、五鈴に名を呼ばれて我にかえった。

「どうかされましたか？」

「いえ、何でもないんです。あの、どうして私に汀さんの話を？」

「目黒さんは、汀にとって特別な存在のようですから」

特別という言葉が、今の千里には重く感じた。

「七杜家当主の血を引く限り、個人の付き合いは家の付き合いに繋がります。ですからあの子はこれまで誰にも心を開けないし開かなかったんです。でもあなたに出会って変わりました」

「かいかぶりです」

五鈴の言葉が重石のように千里に圧しかかり、息苦しい。

「汀さんは素直で優しい子です。そのうちもっと彼女に相応しい友達ができますよ。同じような立場で、同じ目線で会話をできる人がきっとできます」

千里の言葉に、五鈴はふっと自嘲するように笑った。

「今までも、そういう子はいたんですよ」

「え？」

「でも無理でした。はじめは純粋にお友達として仲良くしてくれていても、七杜と繋がっていると知ったら態度が変わることが多かったんです。そのお友達だけじゃなく、親までしゃしゃり出てくることもありました」

千里は息を呑む。

「目黒さん、もし汀があなたのところに行ったら、話だけでも聞いてもらえませんか」

「八木さん、頭を上げてください」

頭を下げる五鈴に千里は慌てる。

「目黒さんしかいないんです——どうか、お願いします」

「目黒くん、おかえり」

エナジードリンクを買って店に戻ると、二階のソファで守田と烏島が話をしていた。

「こんにちは、守田さん。この前はありがとうございました」

「どうも」

ソファに座っていた守田が眼鏡をくいっと指で押し上げながら、素っ気ない挨拶を寄越す。千里は買ってきたエナジードリンクの缶を「烏島さんからです」と言って守田の前に置いた。

「目黒くんも戻ってきたから、そろそろ調査結果を聞かせてもらおうか」

烏島が守田に水を向ける。それを聞いた千里は驚いた。

「私を待っていてくださったんですか？　すみません」

「ボクの来る時間を伝えてなかった烏島クンが悪いんです。それに休憩はきっちりとるべきですよ、目黒クン。きみの休憩終了時間の十三時までにはまだ十分もあります」

「いえ、大丈夫です。早く調査結果が聞きたいので……」

「目黒くんは十分早く上がらせるから頼むよ、守田くん」

烏島が言うと、守田は「雇い主の鏡ですね」と満足そうに言った。

「こっちの鏡についてもいろいろわかりましたよ」

梱包材に包まれた銅鏡をテーブルの上に置く。

「壊さずに調べられたかい？」

「自分の目で確認してください」

「目黒くん、悪いけれど鏡を出して確認してもらえるかな？」

「あっ、はい」

千里は梱包を解き、手袋をはめてから中に入っている鏡を取り出して、烏島に見せる。

「うん、大丈夫そうだ。どうやって調べた？」

「蛍光X線で成分組成量を測定しました」

タブレットをリュックから出しながら守田が言った。

「蛍光X線？」

「調べる対象を壊さず成分組成を調べることができるんです。文化財なんかは壊すとまずいので」

「それは便利だね」

烏島が言うと、守田は首を横に振る。

「時間と手間がかからないという意味では便利ですよ。でもこの鏡みたいに錆があると正確な測定結果が出ないんです。対象の一部を破壊し溶液化して分析する方法に比べると精度はかなり落ちます。そんなわけなんで、背面と鏡面、錆の薄い部分を複数個所測定してみました」

守田はタブレットをテーブルに置く。画面に表示されているのは数字がずらりと並んだ表だ。

「この表を見てください。この鏡の主成分は銅と錫、鉛です。AからGの測定地点、どれも銅が九十パーセントを占めてるのに対し、鉛と錫は三パーセントから一パーセントの数値です。銅に比べて錫と鉛の割合が著しく低いんですよ。埋蔵文化財センターにいる友人にこの成分割合を見てもらったんですけど、近世につくられた可能性が高いんじゃないかと言われました」

「どうして？」

「銅に比べて錫や鉛は融点がだいぶ低いんです。混ぜることで鋳造しやすくなるんですよ。火力を出す技術が発達していない古い時代の鏡には、錫や鉛が多く含まれていることが多いんですよ」

「その情報だけで近世に絞り込むのは少々強引じゃないかな」

「根拠はありますよ」

守田が画面をスワイプする。次に表示されたのは写真だった。

「こっちは透過X線で鏡を撮影した写真です。鏡の背面の竜の絵に、なにか別の模様が重なっているように見えるでしょ？」

「魔鏡だね」

烏島が言うと、守田は千里の方を見た。

「魔鏡というのは『魔鏡現象』を起こす鏡のことです。鏡面を研磨すると、背面の絵柄の凹凸が鏡面に影響を与えます。そこに光を反射させると背面の絵柄が投影されることを『魔鏡現象』と言うんですよ」

「あ、ありがとうございます」

丁寧に解説してくれた守田に、千里は礼を言う。

「ずいぶんと優しいじゃないか、守田くん」

「さあ、普通じゃないですか？」

意外そうな顔をする烏島に、守田は素知らぬ顔をして眼鏡を押し上げた。

「話を戻しますよ、烏島クン。この鏡は二重構造になってるんです。背面に竜の絵が鋳《い》込まれた鏡と、別の絵柄が鋳込まれた鏡を重ね合わせている。光に反射させると、背面の竜ではなく、内側に隠されている絵柄が浮かびあがるという仕組みです」

「江戸時代に多く作られた隠《かく》れ切支丹《きりしたん》鏡だね。鏡面に光を反射させると内側に隠されたキリスト像が投影される」

「それです。この鏡は隠れ切支丹鏡がさかんに作られた時代のものだと思いますね。明らかに意図して作られています。残念ながらこの鏡面の状態では魔鏡現象の確認はできませんでしたけど」

烏島は写真と鏡を見比べる。

「写真から隠されている絵柄だけを抜き出すことは可能かい？」

「無理ですねぇ。そもそも銅はX線を透過しにくいんです。これでも一番鮮明な写真なんですよ」

烏島はふむ、と腕組みした。

「このデータ、あとでこちらに送ってもらえるかな」

「今送ります。アドレス変わってませんよね？」

「うん、頼むよ」

烏島はタブレットを守田に返した。

「今更だけど、勝手にX線装置を使って大丈夫だったのかい？」

　烏島が聞くと、タブレットを操作していた守田が「今更すぎません？」と呆れた顔をした。

「同僚も私用で使うことがあるんでまぁ大丈夫です」

「へえ、どんなときに？」

「スマホや電子機器の基板を見るのが好きなヤツがいるんです。X線を使うと分解せずに見れるので。基板は一種の芸術ですから……ハイ、送りましたよ」

　守田はすっきりした表情でリュックにタブレットを仕舞いこむと、ソファから立ち上がった。

「じゃあボクはこれで失礼します」

「ありがとう、守田くん。また何かあったらお願いするよ」

　守田はあからさまに嫌そうな顔をする。

「しばらくは連絡してこないでください。烏島クンのおかげで趣味の時間を削ることになったんですからね！」

「なるべくしないようにする」

「なるべくじゃなくて絶対です。お願いしますよ！」

守田は烏島に何度も念押ししてから帰っていった。

「魔鏡が意図して作られるようになったのは江戸中期と言われている」

部屋に静寂が戻ってから、烏島が言った。

「じゃあこの鏡は……」

「七杜家の家宝の鏡である可能性は極めて低い」

七天竜神照魔鏡は平安時代に竜神から下賜されたという話だった。作られたのが江戸時代では話が合わない。

「そうなると、誰がなんのためにこの鏡を祀ったのかだ。伝承では『神鏡は卑女島の秘蔵にあり』と語り継がれている。僕にはそれが脚色されたただの言い伝えには思えないんだ」

「家宝の鏡は確かに玖相寺の厨子に隠されていたということですか？」

「この魔鏡が作られ祀られるまではね。この魔鏡に隠されている秘密がわかれば、この謎を解く手掛かりになるかもしれない」

千里は錆だらけの鏡面を見る。

「でもこの鏡面では光を反射させることはできませんよね？　分解もできませんし」

「鏡が完成した際、鏡面に光を当て壁に投影して出来を確認したはずだ」

烏島が言う。

「きみならそれを視ることが可能だろう？」

「待ってください。この鏡が作られたのは江戸時代でしょう？　状態も悪いですし、前回七杜家で視たときも竜子さんの姿しか」

「もう一度、試してみてくれないか」

烏島が千里の顔を覗き込む。

「最新機器を使っても見えないものを視ることができるのは、きみの力だけだ」

千里の力を信じてくれるのは、いつも烏島だけだった。

「……やってみます」

烏島が部屋の明かりを落とした。

千里は手袋を外した。箱の中にある鏡、そこにそっと両の手のひらを当てる。ひんやりしてざらついた感触。深呼吸して目を閉じた。

厨子から鏡を持ち出す竜子の姿はすぐに視えた。だが、そこからは長い暗闇が続く。たまにゆらゆらと、かたちにならない映像が浮かんでは消えていく。じわりと汗が滲む。やはり視ることができないのかもしれない。不安に駆られたとき、ふっと視界が明るくなった。それが壁に反射された光だと気づくのに時間はかからなかった。

千里は目を開けた。

とたんに眩暈《めまい》に襲われる。ぐらりと傾いた千里の身体を背後から伸びてきた手が支えた。烏島だ。

「大丈夫かい？」

「……ちょっと眩暈がして」

以前は力を使うたびに、眩暈を感じていた。この感覚は久しぶりだ。烏島がキャップを開けたペットボトルを千里に差し出す。

「十分以上も動かないままだった。心配したよ」

水を飲んでいた千里は目を瞬かせた。

「……そんなに？」

「気づかなかった？」

「はい……時間の感覚がなくて。あの烏島さん、紙とペンをいただけますか」

忘れないうちに視たものを書き留めておきたい。千里は烏島から渡されたメモ用紙に投影された文字を書いた。円を描く。その左側に『万治』、右側に『チヨ』。隠されていたのは絵ではなく文字だった。

「万治は江戸時代の元号だね。チヨは女性の名前だ」

しばらくメモ用紙を見つめていた烏島が口を開いた。

「これは掛仏《かけぼとけ》なのかもしれないね」

「掛仏？」

「仏を掛けると書いて掛仏。御正体《みしょうたい》とも呼ばれている。鏡に神仏の像を象ったものだ」

烏島はメモ用紙を鏡の上に置く。

「万治という元号の時分に亡くなったチヨという女性を弔うために、この鏡を作らせた」

「わざわざ鏡に名前を隠したのはなぜなんでしょう」

弔うためならわざわざ魔鏡にするという手間をかけずとも、鏡に名を刻めばよかったはずだ。

「表立って弔うことができなかったからじゃないかな。この掛仏を作らせた人間はチヨという女性との関係を隠さなければならない理由があった。彼女が亡くなった後もだ」

「チヨという女性は何者なんでしょう」

「寺の女性であることは間違いないと思うよ。でなければわざわざあの場所に掛仏を祀らないだろう」

千里の脳裏に過ったのは江戸末期に起きた本堂の火事だ。

「もしかして本堂の火事で亡くなった最後の見子ですか？」

「僕も一瞬そう思ったんだ。だが最後の見子が亡くなったのは江戸末期。万治は一六五八年から一六六一年の期間で江戸初期にあたる」

「では掛仏を作らせたのは誰なんでしょうか」

「寺の人間でないことは確かだ。彼らはあの厨子を開けることはできない。余所者で、かつ寺への信仰心のない者でなければ」

そう言って、烏島が千里を見る。

「あの寺に余所者が入るのは？」

すぐに答えは出た。

「……七代ごとに執り行われる御祈禱です」

烏島は頷く。

「前回の儀式から百五十年以上が経ち、七十七代目の御祈禱が来月執り行われる。七代にわたる御利益を授けるという御祈禱が一体どういうものなのか、それを知ることができれば、この鏡が誰の手によって、そしてどういう経緯で祀られたのか、手掛かりがつかめるかもしれない」

男子禁制の尼寺。余所者は入れない場所。そこで執り行われる祈禱。本来ならば寺の人間と七杜家の跡取りしか参加できない儀式だ。

「烏島さん」

「うん？」

「七杜家の御祈禱でなにが行われているか知ることができるかもしれないと言ったら、飛女島に行く許可をくれますか？」

その瞬間、部屋の中の空気ががらりと変わった気がした。烏島は両手を組み、デスクチェアの背に身体を預ける。

「きみが？」

「はい」

「どうやって？」

「儀式の参加者としてです」

返事はなかった。長い指で手の甲をトントンと叩きながら、千里の顔をじっと見つめてくる。

「誰に唆《そその》されたのかな」

「唆されてはいません」

「僕がだめだと言ったら？」

「プライベートで飛女島に行きます」

そこで千里はちらりと烏島の様子を窺った。

「その場合、プライベートなので起こったことや見たことは烏島さんに報告できなくなりますけど」

烏島は目を眇めた。


「——僕を脅すのか」


正面から威圧され、視線を逸らしたくなる。だが、退くことはできない。

「烏島さんの所有物として義理を通したいだけです」

元彰の取引に応じるということは、すなわち彼に利用されるということだ。あくまで元彰との個人的な取引だが、千里は烏島の所有物でもある。取引の内容については話せないが、仕事に関わることならば烏島に報告できる。察しのいい烏島のことだ。それですべて把握するだろう。

「許可をください、烏島さん」

毒と甘露

ヘリの窓から黒い海を見つめながら、千里はこの一週間のことを思い出していた。

高木に連絡してから今日まであっという間だった。儀式に出るかわりに千里が出した条件を元彰はあっさり呑んだ。その数日後、高木から千里の望みが叶えられたという報告があった。千里は五鈴に連絡し、高木の報告が事実であるかどうか裏を取った。

そして迎えた二月二日、千里は島へ向かう機上の人となっている。

千里の飛女島行きの許可を出した烏島は「無事に帰ってくるように」とは言わなかった。


『——きみが重要な決断をするときには、必ず僕の顔を思い出すように』


息が触れ合いそうな至近距離で言われた言葉は、まるで暗示のように頭の中にこびりついている。

無人島のヘリポートに降り立った千里は、島の港につけられている小型のクルーザーに乗り換えた。飛女島の港ではなく島の北側、寺の裏手にある小さな船着場に到着すると、迎えが来ていた。

「お待ちしておりました、目黒さま」

千里を見て、成香は深々と頭を下げる。他の尼と同じ着物を纏い、頭には頭巾を被っている。名前ではなく名字を呼んだのは、これからはじまる祈禱の参加者として距離を置いているからなのだろう。

「ご案内いたします。足元にお気をつけて」

成香に続いて狭く急な階段を上る。石段はかなり古い。誰とも顔を合わせることなく寺の裏側に辿り着くと、歌が聞こえてきた。高い声色で紡がれる尼たちの声。シャン、シャン、と鳴る金属音。

寺の境内、本堂に続く道に灰色の集団がいた。尼だ。彼女たちが作る列の中央を歩くのは朱色の袴を着た竜子。その後に続くのは黒い束帯を纏った宗介だ。頭には冠を被っている。艶やかな髪は額を出すように整えられ、凛とした美しさがあった。

本堂の前には住職が立っていた。住職、見子、宗介が本堂の中に入ると、外にいた尼たちによって扉は固く閉ざされた。

「これから御祈禱がはじまります」

本堂を取り囲むようにして歌う尼を見ながら、成香が言った。

「私はなにをすればいいんですか？」

「目黒さまに出ていただくのは御籠《みこもり》の儀です」

連れて行かれたのは千里が以前宿泊したお堂だった。尼はすべて祈禱に参加しているのか中には誰もいない。お堂の湯船のない浴室は前回ここに泊まったときにも使わせてもらった。

「こちらで身体を清めていただきます」

成香が千里の着ているコートに手をかけた。

「自分で脱ぎます」

「いいえ。これは私の仕事なので目黒さまはそのままで」

有無を言わせない口調だった。成香は丁寧な手つきで千里の服を脱がしていく。薄い生地の湯帷子《ゆかたびら》を着せ掛けられてから、下着もすべて取り払われた。引き戸の向こうは木の匂いと蒸気が立ち込めている。成香は千里を中央に置かれた椅子に座らせると、桶の湯につけた手ぬぐいを固く絞り、丁寧に千里の身体を拭っていく。汚れを取るためのものではなく、儀式的な作業のようだ。成香の細い指先が千里の肌を確かめるように触れるたびに、声を抑えるのが大変だった。

身体を清め終えると、今度は乾いた手ぬぐいで肌を拭う。湿った湯帷子を脱がされ、今度は滑らかな生地の白い着物を着せられた。下着はつけさせてもらえなかった。着付けを終えると、成香が懐から取り出した櫛で千里の髪の毛を梳《す》き、整えた。

＊＊＊

案内されたのは以前、千里が泊まった部屋だった。蠟燭の光がぼんやりと白い布団を照らし出している。火鉢で温められているおかげで、着物一枚でも寒くはない。布団の横に座った千里の前に、成香がお膳を運んできた。上に載っているのは、酒の入った黒い杯だ。

「清めのお酒です。お飲みください」

千里は目の前にいる成香を見た。その表情からは何も読み取れない。両手で杯をとる。目を閉じ、手の中の杯に意識を集中させる。「目黒さま」と急かされ、千里は杯の中の酒を飲み干した。

成香はお膳を取り上げると頭を下げ、部屋を出て行った。

尼たちの歌と鳴り物は、いつの間にか聞こえなくなっていた。かわりに聞こえてくるのは隙間風の音だ。耳を澄ませていると、緊張でせわしなかった心が次第に凪《な》いでくる。

千里は深呼吸してから畳に両手をつき、目を閉じた。

滑らかに頭の中に流れ込んでくる映像はとても鮮明だ。もしかしたら千里の能力はこの寺と相性がいいのかもしれない。想像していた映像と、想像もしなかった映像が、千里の頭の中に流れてくる。

どのくらいの時間そうしていただろう。情報の波にさらわれていた千里は襖の開く音で現実に戻ってきた。


「――なんでここにいる」


千里が目を開けると、白い着物を着た宗介が立っていた。風呂に入ったのか、しっとりと濡れた髪はいつものようにおろされている。前髪の隙間から見える瞳には驚きが浮かんでいた。

「親父になにか言われたのか」

すぐに宗介は察したらしい。美しい顔に浮かんだ驚きが怒りに変わるのに時間はかからなかった。

「自分の意志で来ました」

「言われたんだな」

近づいてきた宗介が畳についていた千里の手を摑んだ。捻《ねじ》り上げるように持ち上げられ、敷かれた布団の上に引き倒される。視界に天井と宗介の顔が映った。前にもこんなことがあったなと、千里は妙に冷静に思い出していた。そう、今は亡き鶴野《つるの》の家だ。

「言え。どんな取り引きをした?」

千里の身体の上に乗り上げた宗介が低い声で問う。

「お金の他になにがあるっていうんですか」

「嘘をつくな」

鋭い視線に射抜かれる。

「嘘じゃありません。知ってるでしょう。私がお金に困っているということは」

「それはおまえの叔父の話だろ」

「私の叔父は汀さんを騙して、彼女のお金をかすめ取りました」

宗介の顔色が変わるのを見て、千里はほっとした。宗介は一時的な感情にうつつを抜かしているわけではない。自分が大事にしなければならないものを見誤ってはいないのだ。

「……今夜なにが行われるのかわかっていておまえは来たのか」

「わからなかったから来たんです」

この部屋であの夜、何が起こったのか。そして今日、何が行われるのか。

「そうか。なら教えてやる」

宗介が千里の帯に手をかける。

「宗介さん」

千里は宗介の手に、そっと自分の手を重ねた。やめさせるためではなく、話をするための接触だった。宗介が動きを止め、千里を驚いたように見つめる。

「あの夜、宗介さんはこの部屋に来たんですね」

桂子と尼見習いの少女が眠っている千里を布団で包《くる》み、部屋の外に運び出した。入れ違いで部屋に入ってきたのは白い着物を着た竜子だ。しばらくして部屋に現れたのは、私服姿の宗介だった。急いでいたのかコートを着たまま息を乱している。竜子となにか話しているようだが、残念ながら千里の力では会話までは聞き取れない。竜子が焦れたように着物を脱ぎ、裸になって宗介に近づいた。宗介は竜子を払いのけ、部屋から出て行った。畳の上に蹲《うずくま》る竜子。表情は見えなかったが彼女の背中に刻まれた竜は怒りに震えながら、地を焼き尽くさんばかりに火を吐いていた。

それが千里の視た、この部屋で起きたことのすべてだった。

「ここで一体、何が行われようとしていたんですか」

「視たんだろ」

「視ました。でも宗介さんの口から聞きたいんです」

しばらくして、宗介が千里の身体の上から退いた。片膝をたてるようにして布団の上に座ると、顔に落ちた前髪をかき上げる。

「玖相寺は家宝と血筋を守るために創建された七杜家の秘蔵だ」

「家宝と血筋……？」

「七代目の子供が立て続けに暗殺され、七杜家はお家断絶の危機にあった。幸い生き残った四男が跡を継いで事なきを得たが、七代目はまた同じことが繰り返されることを案じ、飛女島で秘密裏に血筋を守るための儀式をはじめることにした」

千里はゆっくりと身体を起こし、着物の乱れを整えて畳の上に座り直す。

「それがさっき本堂で行われた御祈禱ですか？」

「神降《かみお》ろしの儀だ。住職が見子の身に神を降ろす」

「……見子が神様になるということですか？」

「いいや、神になるわけじゃない。その身に神を宿し生ける御神体となる」

ここは寺だ。御神体は神社に祀られるものを指すのではないか。

「ご本尊ではなく御神体なのはなぜですか？」

「この寺を作ったのが誰かは知ってるだろ」

神職を司る家系。鏡、御神体、見子という名の巫女。

「……このお寺は神社なんですね」

本家を守るために創建した寺の実態は神社そのもの。

「御神体となった見子は七杜家の嗣子《しし》と契りを交わし、神の子を産む。それが『御籠』と呼ばれる儀式だ。本家でお家断絶の危機が起これば、見子との間に生まれた子に出生の秘密を明かし、跡取りとして島から本家に呼ぶ」

千里は息を呑んだ。

「戦争や流行病で人が死んだ時代はとうに終わった。時代遅れの儀式だ。親父は『御籠』については子を作ることなく形式だけのものにすると九條家に条件を出した。俺としてはたとえ形式上であっても受け入れられるものじゃない。当然拒否した」

「じゃあ、あの夜、宗介さんがここに来たのは……」

「成香から連絡があった。目黒千里を寺に呼んだと。薬で眠らせている。その間に事を為せと」

千里に薬を仕込んだのは竜子の言っていた通り、成香だった。

「相手が見子でなくても『御籠』は成立するんですか？」

「過去の儀式において、見子が幼すぎたり年が行きすぎていたりした場合、住職の命により見子ではなく適齢期の尼と儀式を行っていた。ようするに秘密が守れて子を作れる若い女であれば誰でもいいってことだ。だから成香はおまえを呼んだんだろう」

「でもあの夜、部屋にいたのは私じゃなく竜子さんだった」

竜子とは少し言葉を交わしただけだが、『見子』という立場に執着とプライドを持っていることがよくわかった。成香が『御籠』の役目を千里につとめさせようとしたことが赦せなかったのだろう。

「おまえにだけは知られたくなかった」

宗介が目を伏せる。前髪がはらりとこぼれ落ち、その目を隠した。

「……宗介さん」

「わかるだろ。この儀式は青珠神社の神主がやっていたこととなにも変わらない」

七柱の伝説——神除市の七社で行われていた生贄の儀式。江戸末期に廃止されたが、青珠神社ではひっそりと続けられていた。川の氾濫を鎮めるために生贄に捧げられるのは人間だった。だがこの儀式は違う。見子は生ける御神体となり『御籠』で子を産む。生贄はいない。あの神主と同じではない——そう言おうとして、やめた。言ったところで、彼の慰めにはならない。

「儀式について私に話すと、竜子さんに脅されていたんですね」

「……ああ」

「何を要求されたんですか？」

「自分と形式上ではなく御籠の儀を執り行えと」

竜子は宗介との間に子供をもうけようとしていた――あの夜、裸になって宗介に迫ろうとしていた彼女は、本気だったのだ。

「今夜、宗介さんは竜子さんと儀式をするつもりでここにきたんですか？」

宗介は千里を見て驚いていた。彼には何も知らされていなかったのだろう。宗介が顔を上げ、千里を見る。

「そうだと言ったら、おまえはどうする」

逆に問い返されて、千里はたじろぐ。

「どうする、って」

「少しは俺のことを見てくれるのかよ」

宗介の手が千里の頬に伸ばされる。指先が触れる瞬間、外から悲鳴が聞こえてきた。

「今の悲鳴……」

宗介が立ち上がり、部屋を出ていこうとする。千里も慌てて後に続こうとした。

「千里、おまえはここで待ってろ」

「いいえ、行きます」

宗介は舌打ちし、部屋の隅に畳んであった羽織を千里に投げてよこした。

外に出ると、冷たい風が肌を刺す。お堂から少し離れた場所にある建物に松明《たいまつ》を持った尼が集まっていた。

「なにがあった？」

振り返った尼は一瞬宗介の姿に見惚れたように頬を染め、だがすぐに我にかえったように口を開く。

「な、なかで見子様が倒れているらしく……成香さまが……」

「退け」

宗介は尼たちを押しのけ、建物の中に入っていく。千里もどさくさにまぎれ、宗介の後に続いた。

「竜子さん、しっかりして」

白い着物姿の竜子が倒れていた。その身体に縋りついているのは成香だった。宗介は竜子の傍に跪くと、呼吸と脈を確かめる。

「医者は呼んだのか」

宗介が部屋に集まってきた尼たちを振り返った。

「い、いえ、寺には男性を入れることができませんので……」

「なら車を用意しろ。病院に連れて行け。まだ息はある」

それでも動こうとしない尼たちを見て、宗介は一喝した。

「早くしろ！」

我にかえった尼たちが一斉に部屋の外へと飛び出していく。

「竜子さん、竜子さん」

「成香、離れろ」

宗介は竜子に縋りついて離れようとしない成香を引きはがし、腕の中で拘束するように抱きしめる。その間に、千里は部屋を素早く確認した。畳の上にはひっくり返った杯があった。そっと近づき、指先で触れる。しばらくしてから手を放し、着物の袖で触れた場所を拭った。

そのとき、視線を感じた。

振り返ると、襖の外からこちらの様子を窺っている尼見習いの少女がいた。あの夜、隠れて危険ドラッグを吸っていた少女だ。顔色が悪く、襖を掴む手は震えている。千里はそっと彼女に歩み寄った。

「話があるんです。外に出ましょう」

千里が声をかけると、少女は怯えたような顔をした。

「な、なんでですか。いやです……」

「シルバーの喫煙パイプ、なくしたでしょう？」

少女の顔色が変わる。

「あなたがあの夜なにを吸っていたか、私は知っているんです。ばらされたくないでしょう？」

子供を脅すことに罪の意識が芽生えたが、今は手段を選んでいられない。千里は大人しくなった彼女の手を引いて廊下に出る。人がいないのを確認してから、少女に向き直った。

「誰にも言わないと約束しますから、正直に答えてください」

千里が言うと、少女はコクリと頷いた。体格はいいが、仕草も顔立ちも子供そのものだ。

「あなたの名前は？」

「……歩《あゆみ》です」

「見子が飲んだお酒に薬を入れたのはあなたですね」

杯に触れて見えたのは、歩が薬包紙に包まれた粉を杯の酒に溶かす様子だった。

「い、入れてません」

歩はふるふると首を横に振る。

「嘘をつかないで」

「ちがう、うそじゃない。私は……確かに薬は入れたけど、ただの眠り薬だって……それに見子様の器には入れてない……」

「どういうことですか？」

「見子様から……厨にある赤い紐のついたお膳のお酒にお薬を入れるよう命令されて……成功したらあとでご褒美に甘露をたくさんくれるって……」

「見子が？」

成香が千里に運んできた御膳には確かに赤い紐がついていた。杯から酒を飲むとき千里は『力』を使って確かめたが、自分の酒に混ぜ物をされている様子はなかった。

「見子が飲んだお酒は誰が？」

「用意されていたものを私が運びました……祝い酒としてふるまわれたものだったので……」

歩が泣きそうな顔で言う。

「もうひとつ教えてください。桂子さんとあなたに私を山の中に放置するよう命令したのは見子ですか？」

その質問に、歩の表情が強張った。

「は、はこんだのは本当です。でも私、放置したままにするとは知らなくて……桂子ねえさまがあとで山にあなたを迎えに行くって言ってたから……」

そういえば今日は桂子の姿が見えない。見子の部屋にもいなかった。

「桂子さんは今どこにいますか？」

「ねえさまは死にました」

千里は目を見開いた。

「いつですか？」

「一週間前です。朝起きたら境内の……いつも隠れて甘露を吸っている場所で泡を吹いて倒れてて……他のねえさまたちが病院につれていったんですがよくならなくて……」

甘露とは例のドラッグのことだろう。千里は歩の肩を摑んだ。

「歩さん、言っておきます。見子があなたに渡していたリキッド……甘露と呼ばれる液体は毒なんです。吸ったりしたら桂子さんのように死ぬ危険があるかもしれません」

「え……」

「そのうち法律でも規制されます。吸わなくても所持しているだけで逮捕されてしまうかもしれない」

いくらこの島で起きたことは揉み消せると言っても、健康と命を失ってしまえば元も子もない。

「じゃああの甘露はもう二度と吸えないってことなんですか……？」

歩が千里に見せたのは、これまで見た中で一番絶望した表情だった。

化けの皮

島にある唯一の病院『ひめじま病院』は港と集落から少し離れた静かな場所にある。この病院の院長であり島唯一の医者は広世台蔵《ひろせたいぞう》。華車の息子、そして成香の父親だ。九條家の男子は全員婿入りする決まりがあり、九條の姓は捨てなければならないのだと宇野から教えてもらった。

病院の建物は鉄筋の四階建てだ。入院施設は妊婦用らしく、他に入院が必要な大きな怪我や病気の場合は島外の病院に紹介状を書いてもらえるとの話だった。

「じゃあ私は駐車場で待ってますから」

病院の前で車を降りた千里に、宇野が言った。

昨夜、竜子が倒れるという騒ぎで儀式は中断。混乱の中、千里は成香の取り計らいで宇野の民宿に泊めてもらうことになった。今回は布団とストーブが用意されており、食事もさせてもらった。宇野はいろいろと千里の世話を焼いてくれたが、何も聞こうとはしなかった。成香から事情を知らされているのだろう。

「乗船時間の三十分前には戻ってきてくださいね」

「宇野さん、お仕事は大丈夫なんですか？」

「大丈夫ですよ。フェリーが到着するまで運ぶ荷物も届きませんから」

宇野はそう言った後、不安そうな顔で「成香さまをよろしくお願いします」と言った。

病院の受付で自分の名前と成香の名前を伝えると、しばらくして待合室の奥にあるエレベーターに案内された。エレベーターは看護師の持つカードによる認証形式で、許可をもらわないと使えないようになっているようだった。

「成香さん」

三階の病室前に、椅子に座って俯いている成香を見つけ、千里は声をかける。

「千里さん……」

成香の顔には泣きはらした痕があった。昨夜、竜子がこの病院に運び込まれてから、ずっと傍についていると宇野から話を聞いていた。頭巾はかぶっていないが、着物は昨日着ていたものだ。

「ごめんなさい、千里さん。なんのお構いもできなくて」

「私のことはいいんです。……体調は？」

目の下には隈が浮かんでいる。

「私は大丈夫です」

「宗介さんは一緒じゃないんですか？」

昨夜、竜子が病院に運ばれるとき、宗介は成香と一緒に病院に向かう車に乗り込んだ。

「昨夜遅くに神除市に帰りました。今日は朝から七杜の本家で行事があるので……」

宗介もこの状態の成香を置いていくのは不安だったのではないだろうか。千里は成香の隣に腰を下ろした。

「千里さん、お帰りの時間は大丈夫なんですか？」

「まだ時間がありますから」

千里は微笑む。七杜家から帰りのヘリを用意されていたのだが、断った。成香に会い、どうしても話をしたかった。

「小石さんの容体は？」

成香の表情が泣きそうなものに変化した。

「昨夜から意識が戻っていません」

「倒れた原因はわかったんですか？」

「薬物による急性中毒ではないかと……彼女の荷物からたくさん出てきたんです」

その中には尼見習いの歩に渡す予定だった『甘露』も含まれていたのだろうか。

「最近、尼の桂子さんも突然死したと聞きました」

「はい……心不全ということでしたけど、彼女は見子の世話係だったので……もしかしたら竜子さんから危険な薬物をもらっていたのかもしれません」

精神依存は絶対にあると言っていた鳩子の言葉を思い出す。抜け出せない負のループ。桂子も甘露に魅せられ、いや、のまれてしまったのだろう。

「成香さん」

「はい」

「小石さんは私が宗介さんの相手役になることを知っていたんですか」

成香が小さく息を呑む気配がした。

「……知っていました」

「彼女は納得していたんですか？」

「はじめは納得していませんでした。でも七杜家に滞在しているときに元彰さまから直々にお話があったようで……しぶしぶながら受け入れたようです」

竜子は元彰となにか取引したということだ。

「どんな話だったんですか？」

「……私にはわかりません。でも」

「でも？」

「住職は御祈禱が終わったら見子を七杜家に預けると言い出して……おそらく元彰さまからのお話はそういうことだったんじゃないかって……」

そのとき、病室のドアが開いた。中から出てきたのは白衣を纏った中年の男と女だ。痩身の優しげな顔立ちをした男の白衣の胸元には『広世』という刺繍があった。

成香が椅子から立ち上がる。

「おとうさま……竜子さんは……」

広世が黙って首を横に振る。成香は顔を両手で覆い、その場に蹲った。

＊＊＊

「まさか寺の皮を被った神社だったとは」

質屋に戻った千里は、自分が見子の代わりに御籠の相手役になりかけていたことは伏せ、烏島に報告した。

「神社であれば、祀られているのはご本尊ではなく御神体でなければならない。家宝の神鏡を祀ったのも、あの寺が実質神社なら納得だ。掛仏もそうだ。亡くなった人の魂を弔うなら仏像を作らせてもよかったはずなのに、わざわざ掛仏にしたのは『鏡』だったからだ」

ページをめくりながら、烏島は謳《うた》うように言う。

「信仰において邪魔になるのは知識と考える力だ。あの寺からはそれが排除されている。おかげで絶対秘仏として七杜家の家宝は守られ、お家断絶の危機に備えて保険のために子をつくるという行為は神聖な儀式として黙認される。玖相寺は家宝と血筋を守るための秘蔵の役割をきっちり果たしている」

「あの、烏島さん」

千里は我慢できず、ページをめくっている烏島に声をかける。

「どうかしたかい？」

烏島がページをめくる手を止め、ようやく顔を上げた。

「あの、それは一体何を読んでいるんですか？」

ピンク色の布張りの分厚い手帳。ページを埋めているのは小さく可愛らしい文字だ。烏島はそれを読みながら、千里の報告を聞き、理解し、返答するという器用な芸当をやってのけていた。

「ああ、すまないね。これは日記なんだ。昨日質入れされたばかりの」

「……そんなに烏島さんの興味を引く内容なんですか？」

「うん。自分の夫が毎日死んでいるんだ」

楽しそうに烏島が言う。

「えっと……日記ですよね？」

「日記だよ。日常の些細な出来事の中で、毎度夫が死ぬ。現実に願望を混ぜ込んでいるんだ。『仕事から帰った私が大急ぎで作ったカレーをひとくち食べた夫は不機嫌そうな顔で六十点と点数をつけた。その後、夫は運悪く大きなジャガイモを喉に詰まらせ、苦しみながら帰らぬ人となってしまった』。夫がジャガイモを口に入れたところまではおそらく現実なんだろう。そこから先はこの日記を書いた妻の願望だ。毎日こんな感じで、夫が些細な事故に遭って死んでいる」

つまりこの妻は夫に毎日殺意を抱く瞬間があるということだ。

「質入れしたってことは買い戻す気があるってことなんですよね？」

「あると思うよ。うちに質入れしたのは誰かに読んでもらいたいという理由だったから」

千里は絶句する。

「どうしてそのお客さんは烏島さんに読んでもらいたかったんでしょう？」

「書いているうちに願望を現実にしてしまいそうで怖くなってしまったらしい」

「願望を現実に……」

「願望というのは頭でぼんやり考えている分にはそう影響はないけれど、明確に言葉にしてしまうと呪いになる場合がある。こうやって他人と共有して呪いの効果を薄めるのは正しい選択だったと思うよ。まあこれもその場しのぎにすぎないだろうけれど」

烏島は日記を閉じ、それをデスクの横に寄せる。

「で、報告はそれで終わりかい？」

「はい」

「おかしいな。僕はきみが見子として儀式に参加した感想をまだ聞いていない気がするんだけどね」

千里は動揺した。

「……御祈禱に出たのは見子である小石さんです」

「確か『神降ろし』の儀だったね。だがその後の『御籠』にはきみが選ばれた」

烏島は勘が良い。黙っていても気づかれるかもしれないとは思っていた。いざそれが現実になると、動揺を隠せない。

「……どうしてわかったんですか？」

「わかるさ。子を身籠もるような儀式に七杜家が跡取りを脅すような女を選ぶはずがない」

千里は烏島を見つめる。

「なんで宗介さんが脅されているって……」

「小石竜子が七杜家に銅鏡を持ち込んだとき、宗介くんから彼女の詳細な情報が欲しいと頼まれたんだ」

あの日、烏島が七杜家に残った理由を千里は今更知ることとなった。

「宗介さんは烏島さんに小石さんから脅されていることについて相談したんですか？」

「まさか。そんな弱みを晒すようなことをするはずがない。宗介くんは自分で処理するよ。そのために情報を提供しろと言ったんだ。彼が証拠隠滅のためにお堂を燃やし鶴野医師の家を解体させたこと、忘れたのかい？」

主を失った革張りのデスクチェアが鳴く。石のように固まっている千里の頬を大きな手が包み、仰向かせた。

「話が逸れたね。それで、儀式はどうだった？」

烏島は眉ひとつ動かさない。まるで裁きを待つ罪人のような気分になる。

「……烏島さん、私は確かに儀式には出ましたけど、なにも」

「わかっているよ」

千里は目を見開く。

「往生際悪く隠そうとしていたらお仕置きだった。命拾いしたね、目黒くん」

「おしおき……」

千里が身震いすると、烏島はふっと笑った。

「冗談だよ。僕としてはどちらでもいいことだから」

千里は拍子抜けした。

「どちらでもいいんですか？」

「そんなことできみの価値は変わらない。僕の所有物だということも。だが、きみの意に沿わないことをされた場合は別だ」

烏島は笑っているのに、笑っていない。目に見えない威圧感に気圧され、緊張で千里の口内が一気に干上がった。

「……そういうことはありませんでした」

もつれそうになる口をなんとか動かしてそう言うと、烏島が手を離した。緊張から解放された千里はほっと息を吐く。

「小石竜子が本当に出たかったのは、その『御籠』だったんだろう。きみへの忠告もそれをふまえると腑に落ちる」

再びデスクチェアに座った烏島が、千里に言った。

「忠告？」

「もう忘れたのかい？　彼女はきみに忠告すると言いながら、自分の持つ竜眼の力を誇示し、七杜家に近づかないようけん制していた。きみに『御籠』の相手役だけじゃない、見子の座ごと奪われることを恐れていたんだろう」

千里は困惑する。

「見子の座を奪われるなんて、どうしてそんなこと……私は小石さんのようにすべてを見通す眼なんて持っていないのに」

「小石竜子も竜眼なんて持っていないよ」

はっきりと烏島は言い切った。

「前にも言っただろう。力のない者ほど力を誇示すると」

「でも小石さんは、私が昔、そがわクリニックに通っていたことを知っていました。幻覚を見ていたということもです」

「そんなもの、調べようと思えば調べられる。鑑定の仕事依頼で玖相寺に行ったとき、九條家はきみのことを調べていた。彼女がそれを盗み見た可能性もある」

竜子は嘘の仕事で千里が寺にくることを知っていた。その際に華車や成香から千里の情報を手に入れていたとしても不思議はない。

「だいたい竜眼の力が本当にあるのなら、今回彼女が死ぬことはなかったはずだ」

そうだ――小石竜子はあれから意識を取り戻すことなく死んでしまった。

広世から亡くなったことを聞かされた成香はしばらく蹲ったまま動かなかった。しかしすぐに気持ちを切り替え、住職に報告するために寺に戻った。

「どうして竜眼持ちだなんて嘘をついてまで見子に拘っていたんでしょう」

閉鎖的な島の尼寺の儀式で、好きでもない男性と番《つが》い子を産む。執着するほどの魅力があるとは千里には思えない。むしろ逃げ出したくなるような内容だ。

「見子に拘っていたわけじゃない。特別な存在になることに拘っていたんだろう」

長い足を組み替えながら、烏島が言った。

「彼女には会話ひとつにおいても細かな拘りがあった。精神科の医者にかかっていたとは言わず、超心理学の研究者から診断を受けたと言った。透視を霊視と言い直させ、名字ではなく改名した下の名前を呼ぶようにきみに要求した。すべて自分を特別視させるためだ」

「……そんなことを続けても疲れるだけなのに」

「彼女にとってはそれが平常運転なんだ。努力はしないのに自己顕示欲は強い。嘘の設定で華々しく盛った自分を本当の自分だと思い込む。現実にいながら空想の世界で生きているんだよ」

彼女が平然とした顔をして嘘をつけるのは、そういう性質からきていたのだろうか。

「儀式の相手が七杜家の跡取りであることを知り、彼女の空想はさらに掻き立てられたんだろう。平凡な自分が実は特別な存在で、名家の跡取りと歴史ある秘密の儀式で結ばれる。御籠の儀で次期当主となる男子と繋がり子を産むことができれば、家柄と歴史、地位と名誉、それについてくる資産を手に入れることができる。努力では手に入らない、生まれながらにしか持てないものだ」

「そんな方法で七杜家に入り込んでも、白い目で見られるだけだと思うんですけど……」

七杜家当主の血を引いており、美貌と知性を備えた汀でさえ、正妻の子ではないという理由だけで苦労しているのだ。

「残念ながら小石竜子のような人間は周りの目なんて気にしない。どれだけ叩かれようと一度喰いついたら離さない。宗介くんもそれをわかっているから僕に彼女の情報を求めたんだろう。七杜家は小石竜子が自爆してくれて助かっただろうね」

殺されかけたとわかっていても、千里は竜子のことを嫌いにはなれなかった。

「竜眼が嘘だったのなら、どうやって小石さんは九條家や七杜家のことについて知ったんでしょう」

　七杜家に関しては一般人の個人情報とは訳が違う。調べればすぐに正確な情報が出てくるようなものではないことは、千里でも理解できる。七杜家の家宝については、烏島でさえ詳しい情報を持っていなかったのだ。

「誰かが教えた、と考えるのが妥当だろうね」

　烏島は言った。

「去年の三月に仕事をやめて東京から神除市に戻り、十月に尼寺に入った。その間に寺のことを知る人間と接触したんだろう」

　そもそも竜子が玖相寺に向かったきっかけはなんだったのか。竜子は竜眼の導きだと言っていたが、その竜眼が嘘なら別の理由があったはずだ。東京から帰ってきた娘はまずどこへ向かうのか——千里は烏島を見る。

「烏島さん、小石さんの母親の住所はわかりますか？」

ヒロイン顔貌

「――死んだ気がしないんですよ」

小石絵美《えみ》は祭壇の上にある写真を見つめながら言った。

竜子の母親は川沿いの古いアパートにひとり暮らしていた。烏島の調べによると十年ほど前に精神的不調が原因で働けなくなってから生活保護を受けているという話だった。千里が「玖相寺でお世話になった者です」と言って弔問に訪れると、優しそうな母親は「お寺の尼さんね」と勝手に納得し、疑いもせず千里を家に上げてくれた。

「高校卒業後、家出同然で東京に出て行って……長い間一緒に暮らしていなかったせいなのか、実感がないんですよね」

荷物の少ない畳の部屋には小さな箱に白い布をかけた手作りの祭壇が作られていた。飾られている写真は整形も改名もしていない頃の、制服姿の竜子だった。

「竜……優実さんは、高校卒業後はずっと東京にいたんですよね」

「はい。去年の四月にうちに顔を出すまで」

絵美の表情がとたんに暗くなる。

「本当に……あのときは面影がないほど娘の顔が変わってて、驚いて腰を抜かしちゃってね。理由を聞いたら『お母さんが私をブスに産んだから整形した』って。すごくショックで……でもせっかく娘が帰ってきてくれたんだから、何も言わずに受け入れようと……そのつもりだったんだけど」

「なにかあったんですか？」

「やっぱり顔を突き合わせていると、自分の娘なのに違和感が拭えなくて。何かの拍子に整形しなくても可愛かったのにって言っちゃったの。娘にはそれが地雷だったみたい。口論になって娘は怒って家を出て行きました。それが娘に会った最後」

絵美の表情には後悔がありありと滲んでいた。

「あの、優実さんの名前が変わっていたことは……」

「亡くなってから知りました」

絵美は目を伏せる。

「優しく誠実な子になってほしいという祈りをこめて、主人と私は『優実』と名付けました。でもあの子は昔から普通すぎて嫌だと言っててね。普通が一番だと私は思っていました。別に秀でているものがなくたって、健康で他人様に迷惑をかけずに生きてくれたら、それでいいって……」

絵美が俯く。白髪まじりのおくれ毛が頬にかかり、彼女は年齢以上に老けて見えた。

「優実さんには特殊な能力があったと聞きました」

「……知っていたの？」

「はい。実は私、優実さんと同じお医者さんにかかっていたことがあって」

千里が言うと、絵美は瞼の垂れ落ちた小さな目を瞬かせた。

「もしかして精神科の？」

「はい。十川先生です」

「じゃあ目黒さんも十川先生の紹介で玖相寺に入ったの？」

今度は千里が目を見開く番だった。

「優実さんがお寺に入ったのは十川先生の紹介だったんですか？」

「ええ、十五歳のときに。娘が不登校になっていたから遠方の施設で療養しないかって誘われて」

そう言いながら、絵美が驚いたように千里を見る。

「目黒さんもなにか特別な力があったんですか？」

「いいえ、私の方は精神的な不調によるただの幻覚でした。でも優実さんは行方不明になっていた子供を捜しあてたと聞いています」

千里が言うと絵美は苦笑する。

「……あれは嘘なんですよ」

「え？」

「近所で行方不明になっていた幼稚園児を発見した娘は、警察に経緯を聞かれたときに『女の子がいる場所が頭に浮かんだ』と説明したんです。そのせいでこの子には透視能力があるんじゃないかって、ニュースや新聞に取り上げられて、ちょっとした騒ぎになったんです」

千里の脳裏に、自信満々に過去の栄光を語っていた竜子の姿が過る。

「娘は一時的に学校の人気者になって、完全に舞い上がっていました。まわりから透視能力を使ってくれって頼まれた娘は安請け合いして……結果的に期待には応えられず嘘つき呼ばわりされるようになってね。人が離れていくのがわかって娘も焦ったんでしょう。クラスメイトの持ち物をわざと隠して、透視能力で見つけたフリをする。そういう行為を何度か繰り返して、それが学校にばれちゃって」

当時のことを思い出したのか、絵美は辛そうな顔をする。

「それからは不登校になっちゃってね。十川先生が相談にのってくれなかったら、本当にどうなっていたか」

「……十川先生とはいつ知り合ったんですか？」

「ニュースで優実のことを知って会いに来てくださったんです。すごく親身に相談にのってくださってね。そのときに遠方のお寺に療養がてら娘さんを預けないかって話をいただいたの」

遠方での療養。千里の心臓がドクリと鳴る。

「ちょうどお寺が尼見習いを募集していて、費用もすべて持ってくださるというお話だったのでお願いしたんです。でも優実はお寺の厳しい生活に耐えられなかったようで、ひと月ももたずに逃げてきちゃったんですけどね」

絵美は苦笑する。

「だからまさか、またそのお寺で尼になっていたと知ったときはびっくりして。あの子が亡くなってしまったことは哀しかったけど、最後は真面目に努力しようとしてくれたんだなって……少し救われた気持ちになったの」

絵美は寺の儀式のことも竜子が尼になった理由も知らない。千里も伝える気はなかった。

「お寺でお世話になれて本当によかった。九條のお嬢さんも本当に親切な方で」

「……九條さんが？」

「ええ。情けない話なんだけど私、外出に不安があって乗り物に乗ったりすることもできなくてね。九條さんが葬儀もろもろの手続きを全部引き受けてくださったの。最終的にお寺の納骨堂で供養してくださることになって——目黒さん？」

黙り込んだ千里を心配そうに絵美が見ていた。

「すみません。ぼんやりしちゃって」

「あ、ごめんなさい。病気の話とか聞かされても困るわよね」

「そんなことありません。お話を聞かせてもらうことができて嬉しいです。私も幻覚を見たりしていろいろ悩んでいた時期があったので……」

慌てて千里が言うと、絵美は「ありがとうございます」と頭を下げた。

「あの……優実さんには本当に特別な力がなかったんでしょうか？」

千里の問いに、絵美は少し考えるような顔をした。

「私は信じていなかったけど、あの子の力に助けられたって男性の方が訪ねてきたことがあるの」

「優実さんの力に？」

「ええ。あれは何年前だったかしら。昔、優実の力に助けられたって菓子折りを持ってお礼に来てくれたの。優実はそのとき東京にいて行方がわからなくなってて……娘さんが戻られたら力になるからって名刺を置いていってくださって。あの方は優実の力を信じていたみたい」

　千里は身を乗り出した。

「優実さんがこっちに戻ってきたときに、その話は？」

「しましたよ。娘がめずらしく私の話に食いついてきたからよく覚えているわ」

「優実さんはその男性に会いに行ったんですか？」

「実際に会いに行ったかどうかは……娘は家には戻らないままお寺に入ったようだから。もしかしたらお寺の関係の人だったのかしら……」

　独り言のように呟く絵美に、千里はにじり寄る。

「あの、その男性の名前は覚えてらっしゃいませんか？　もしかしたら私も知っている人かもしれないので」

「名刺は娘に渡してしまったから……あ、ちょっと待ってね」

　絵美は何か思い出したように、棚の引き出しを捜しはじめた。しばらくして「あったわ」と声を上げる。

「親戚の農園でつくっていたみかんを菓子折りのお返しに送ったの。そのときの送付状の控えが残っていたわ」

渡された送付状を見て、千里は目を見開いた。

＊＊＊
「小石竜子さんは亡くなりました」

ゆっくりと墨を磨《す》っていた切柄が、千里を振り返った。

「……いつどこで」

「一週間前に、飛女島の尼寺で」

「原因は？」

「薬物中毒だそうです」

竜子の母親を訪ねた足で、千里は切柄の店に来ていた。小石竜子が見つかったら現状を教えてほしいという切柄の頼みに応じてだが、千里の方も切柄に聞きたいことがあった。

「切柄直治《なおじ》さんをご存じですか？」

「俺の父親ですけど、どうして知ってるんです？」

「五年前、直治さんは小石優実さんに会うために彼女の実家に行っていますね。何かあったら力になると言って」

絵美が見せてくれた送付状の宛名欄にあったのは『切柄直治』という名前だった。

「小石さんは刺青を入れるためではなく、直治さんに会うためにここに来たんじゃないんですか？」

「そうですよ」

切柄はあっさり認める。

「……直治さんはなんのために竜子さんに会いに行ったんですか」

竜子の力に助けられたと直治は説明したらしい。切柄はちらりと千里を横目で見る。

「長くなりますけど、聞く気あります？」

「あります」

即答すると切柄は墨を置いた。正座を崩し、胡坐をかく。墨のかわりに手に取ったのは電子タバコだ。

「切柄家の始祖は江戸末期に飛女島で生まれました」

「……飛女島で？」

「はい。両親はおらず、山の中に捨てられていたところを年老いた島の産婆に拾われ育てられたそうです」

年老いた産婆と聞いて、一瞬シメの顔が頭を過った。だがすぐに思い直す。江戸末期なのだからシメはまだ生まれてもいない。

「彼は万治と名付けられました」

心臓がドクリと大きく脈打つ。

「万治……？」

「はい。万治が数えで七つになったとき、産婆から『おまえは七杜家の当主と寺の見子の間にできた子だ』と明かされたんです。産婆の家は代々、寺の儀式で生まれた男子を育てるお役目を持っていた。当時、七杜家の跡取りが死病にかかりお家断絶の危機にあったため、万治が跡取りとして引き取られることになった。彼はそこで当主となるための教育を受けました。浮世絵の存在を知ったのもそのときです。当主からも可愛がられ幸せな時間を過ごしていたようですが、彼が十二になったとき島に帰されることになりました」

「どうしてですか？」

「遠方で療養していた正妻の一人息子が死病から奇跡的に回復したからです。島に戻ると、万治は自分を育ててくれた産婆から毒入りの菓子を渡された」

「……なんのために？」

「口止めのためでしょうね。お家断絶の危機で彼は七杜家に引き取られましたが、正妻の息子がいるなら万治の存在は邪魔でしかないですから。お家騒動の火種にならないように存在を消さなければならなかったんでしょう」

勝手な都合で本家に引き取られ、勝手な都合で本家から放り出され、あげくの果てに存在を消される――万治の失望はどれほどのものだったのだろうか。

「万治が諦めて菓子を食べようとしたとき、止めに入った人間がいた」

「誰ですか？」

「寺の見子、万治の母親です」

千里は目を見開く。

「見子は万治を死んだことにして船で島から逃がしてくれました。そのとき万治と同い年の少女も一緒だった。彼女は万治の姉だと名乗ったそうです」

「お姉さん……？」

「はい。儀式で見子は双子を妊娠したんです。ですが江戸時代、男女の双子は『心中した者たちの生まれ変わりだ』と特に忌み嫌われた。双子を取り上げた産婆は見子と結託し、七杜家や玖相寺には姉の存在を隠して養子に出した」

見子はあの島から自分の子供たちを逃がした――二度と会えないことをわかっていて。

「島を出た姉弟は親切な町医者に拾われ、そこで下働きをはじめました。そのうち万治は浮世絵の彫師になるため江戸に行きたいと考えるようになった。姉はなにかあったときのためにと見子から持たされていた金を万治に持たせて、送り出してくれたそうです。おかげで先祖は江戸に辿り着き、彫師のもとに弟子入りすることができた。彼が彫師として独り立ちしてから町医者のもとに戻ると、姉の行方はわからなくなっていました。万治は姉を捜し続けましたが、結局見つけることができないまま亡くなってしまった」

床の間に飾られている先祖が描いた絵に切柄は目をやる。

「切柄家は万治の遺志を継ぎ、生き別れになった姉の子孫を捜しているんです。ですがなんの手掛かりもなく見つけることができないまま長い時間が過ぎた。五年前、俺の父がたまたまネットを見ていると、ある少女が透視能力で行方不明の子供を捜しあてたという古いニュースを見つけたんです」

切柄はそこで言葉を切り、パイプから煙を吸い込み、吐く。

「万治の姉は特殊な力を持っていました。『竜眼』と呼ばれるすべてのものを見通す眼です。その力は代々女児にだけ受け継がれるものだった。父は先祖の姉の子孫も同じような力を持っているのではないかと考え、透視能力を持つという少女に会いに行きました」

「それが小石さんだったんですね」

　切柄は頷いた。

「小石さんはそのとき既に東京に出ていて、父は会うことができなかった。かわりに母親から話を聞いたそうです。超能力研究をしていた十川という医者から小石さんが飛女島の寺での療養を勧められていたことを知り、父は気づいた。玖相寺は見子となる女子を探している。そして万治が生まれたあの儀式を続けようとしているのではないかと」

「……それから？」

「父は十川に会いに行きました。十川は自分のクリニックの開業資金を受け取るかわりに、異能力者の可能性がある女性患者の情報を玖相寺に流していた」

　十川が竜子に寺での療養を勧めていたことを知った時点で、そうなのではないかと思っていた。彼のクリニックの事務員である枝野がコピーしたカルテを質屋に持ち込み、烏島に『金になる』とアピールしていたのは、おそらく十川がやっていることを知っていたからなのだろう。

「父は玖相寺の目的を説明し、情報提供をやめるよう十川を説得したそうです。彼は止めたらどんな目に遭わされるかわからないと言った。そのため父はカルテを買い取る代わりに十川に逃亡資金を渡しました」

思わぬ形で十川が失踪した経緯が判明した。そこで千里はあることに気づく。

「……もしかしてはじめてここに来たとき切柄さんが私のフルネームを確認したのは」

「父の買い取ったカルテの中にあなたのものもありました。目黒千里さん。どこかで見た名前だと思ったんです」

嫌な汗が背中を伝う。

「……切柄さんはカルテの内容を見たんですか？」

「見ましたよ。内容までは覚えていませんけど」

「そのカルテは今、切柄さんが持っているんですよね？」

「いいえ。小石さんに盗まれました」

千里は思わず切柄を凝視する。

「盗まれたものってカルテのことだったんですか……？」

「そうです。一度、彼女にカルテを見せてほしいと言われたことがあるんですよ。そのときにどこに仕舞ってあるかを確認したんでしょうね。竜の文身が完成した日に、彼女はそこから盗み出した」

千里の幻覚について竜子が知っていたのは、カルテを読んでいたからだ。

「小石さんがはじめてここに来たとき、玖相寺や儀式のことを話したんですか？」

「父は亡くなっていたので、かわりに俺がすべて話しました。父は死ぬ間際まで特殊能力を持つ女性が寺の儀式に巻き込まれることを案じていました。小石さんが先祖の姉の子孫であるかどうかはわからずじまいでしたが、見子として利用される可能性はある。玖相寺には関わらないようにと警告したんです」

切柄家が竜子を守るためにしたことが、逆に竜子を寺に向かわせる原因になっていた。亡くなった直治も予想していなかったのではないだろうか。

「俺は寺に利用されないように注意喚起のつもりで話したんですが、まさか自ら寺に向かうとは思いませんでした」

切柄は天井に向かって煙を吐き出した。

「今思えば、過去の黒歴史のタトゥーに竜の文身を上書きしたのも、『見子』になるための準備だったんでしょう。文身に合わせて名前の変更をしたと彼女から聞いたときには、そんなに竜が好きなのかくらいに考えていたんですが」

さすがに昔の恋人の名前が入ったタトゥーが身体に入った状態では寺に行けないと考えたのだろう。レーザーで消すには時間がかかりすぎるため、儀式に間に合わない。竜にあやかる刺青を入れることで、誤魔化そうとした。

「やはり文身では生まれ変わりは無理ということですね」

そう言って、切柄は微笑んだ。

＊＊＊

「まさか切柄氏のご先祖が御籠の儀で生まれた子だったとはね」

千里の報告を聞いた烏島は「新情報の大渋滞だ」とため息をついた。

「小石竜子がなぜ玖相寺の厨子にある銅鏡を七杜の家宝だと言ったのか、ずっとひっかかっていたんだ。家宝の鏡は伝説上の存在とされ、唯一手掛かりになるのは当主と跡取りとなる男子しか知らない口頭での伝承だ」

「『神鏡は卑女島の秘蔵にあり』……ですよね」

烏島は頷いた。

「切柄の先祖は本家で跡取りとして育てられていた際に、その伝承を教わったんだろう。正妻の子は病で絶望的な状況、当主は彼を可愛がっていた。十分にあり得る話だ。切柄氏はその伝承についても小石竜子に話し、彼女はそれを利用した」

烏島は棚に置いていた箱をデスクに運んできた。中に入っているのは錆びついた銅鏡。烏島はそれを取り出し、窓から入る光にかざす。

「切柄氏の先祖の名前は『万治』だそうだね」

「はい」

「先代の見子の名前は『チヨ』だそうだ」

千里は目を見開く。

「本当ですか？」

「ああ。九條のお嬢さんに確認したから間違いない。あと、チヨは火事に巻き込まれたのではなく自殺したという説があるそうなんだ」

「自殺？」

「ああ。本堂が全焼を免れたのは、チヨが自らに火をつける姿を寺の誰かが目撃し、消火活動をしたからだろう」

烏島はそっと銅鏡を箱に戻す。烏島がこの銅鏡に直接触れたのは、そういえばこれがはじめてだ。

「この銅鏡、いや掛仏に隠されていたのは母である見子の名と、その子供の名前だ。では鏡を作らせたのは誰だと思う？」

「……儀式をした七杜家の当主」

烏島は頷いた。

「玖相寺で儀式を行った七杜家の七十代目当主だ。この人物については目黒くんも知っているだろう？」

「え？　いいえ、知りませんが……」

千里が知っている当主は宗介の父親の元彰だけだ。烏島はなぜかため息をついた。

「仕方ないか。七杜家の極秘文書に当たるからコピーをとらせてもらうこともできなかったし、きみは原本を視ただけで読んでいないしね」

「極秘文書？　……あっ」

コピーをとらせてもらえなかった極秘文書。烏島は千里を見て、おもむろに頷く。

「七杜宗治朗《そうじろう》。七杜の伝説による生贄の儀式をとりやめた人物だ」

七杜の伝説。長い間、神除市で続いてきた生贄の儀式を一斉に取りやめ、証拠になるものをすべて焼き捨てた。しかし、あとになって書物に儀式の内容を書き残していたのだ。

「宗介くんも言っていただろう。先祖代々続いてきたものに対し勝手に終止符は打てないと。だが七杜宗治朗は生贄の儀式の廃止を強行した。ずっとその理由が気になっていたんだよ。きっと彼にとって廃止するに至るきっかけとなる出来事があったはずだとね」

「……御籠の儀ですね」

烏島は「そうだ」と言った。

「七杜家の勝手な都合で万治は死んだことにされ、その後、見子は自殺した。宗治朗が生贄の儀式を一斉にとりやめようと考えるには、十分な動機だ。そう思わないかい？」

「でも御籠の儀では七柱の伝説のように生贄は捧げていません。万治さんはたまたま出生の秘密を知ってしまったから殺されそうになったわけですし……」

本来、契《ちぎ》りを交わした見子は殺されるわけではない。チヨは生贄に捧げられたわけではなく、自ら命を絶ったのだ。

「本当にそうかな？」

烏島は千里の顔を覗き込む。

「本家に血筋の断絶の危機が訪れなかった場合、儀式で生まれた男児はどうなると思う？」

「……え？」

「見子との間にできた男児が生かされるのは、七杜本家の血が絶えそうになった場合だ。だがその危機は毎代起こるわけじゃない。儀式で生まれた男児は正妻の子が存命であれば不要になる。むしろ当主の血を引いているぶん生きていれば継承争いの火種になりかねない。そうなれば本末転倒だ」

七杜家当主の落とし胤《だね》。七杜家直系の男児が生かされていれば島には当然七杜家の血を引く子孫が存在することになる。七杜家の血を引いているという事実を知らされていなかったとしても、どこで秘密が漏れるかわからない。

「そもそも儀式が行われるのは七代ごとだ。血筋を守るなら毎代子供を作った方がいいに決まっている。御籠の儀の本質は、七杜本家の血筋を残すのが一番の目的ではなく、供物となる生贄を生み出すことだった」

七柱の伝説では土偶と見せかけて、本物の人間が生贄として捧げられていた。その見返りとして川の氾濫から土地を守り、生贄を捧げた家族は神社から次の儀式まで楽に生きて行けるだけの恩恵が与えられていたのだ。

「目黒くん、きみを助けた産婆は岩屋の中に隠された神子堂で一心に拝んでいたと言ったね。そこにはなにを祀っていた？」

千里は記憶を手繰り寄せる。石像に刻まれたたくさんの名前。嫌な予感がとまらない。

「……幼くして亡くなった子供の……男子の魂です」

石像に刻まれた名前は全員男子の名だった。

「代々産婆をつとめる家の女は、儀式で生まれた男児を『捨て子』として山で拾い、育てる。七歳までは子供は神の子だと言われていた。男児は人の子になる七歳までは生かされる」

苦しそうな顔で石像を拝んでいたシメの横顔を千里は思い出した。心臓がドクドクと脈打つ。嫌な予感がとまらない。

「子孫七代にわたる繁栄を約束するほどの大きな益を得るためには、相応の生贄が必要だ。神の子であればそれに相応しい」

部屋に沈黙が落ちる。

「……どうして」

「ん?」

「どうして七杜宗治朗は御籠の儀を廃止しなかったんでしょうか?」

神除市の生贄の儀式を廃止したのなら、御籠の儀もそうするべきだった。

「しなかったのではなく、できなかったんだろう。玖相寺にはしっかり独自の信仰が根付いている。絶対秘仏と見子の存在が神秘性を高め、島の女系継承の文化ともうまく結びつき、七杜家以外にも多くの檀家を集めて力を持つようになった」

玖相寺は七杜家だけではない、多くの檀家がいる。観光資源もない島民の生活が潤うほどのお布施を集めるほどに。

「飛女島に七杜家の支配権は及ばない。もしかしたら七杜宗治朗は儀式の廃止の話を持ちかけたかもしれない。だが九條家は首を縦に振らなかっただろう。実際、今回の儀式についても、七杜家は『形式上の儀式とすること』で妥協しているんだ」

「儀式はこれからも続くということですか？」

「続くんじゃなく、続けるんだ。見子の血筋が途絶えても九條家は諦めていなかった。『竜眼』のような異能を持つ可能性がある女性患者の情報を十川に送らせ、寺に呼び寄せたのは新たな『見子』にするためだった」

十川から千里の両親に持ちかけられた遠方での療養の話。千里が幻覚を見なくなったフリをしたことで立ち消えたが、下手をすれば自分も飛女島に送られていたかもしれない。そう思うとぞっとした。

「でももう、そがわクリニックは閉鎖されていますし、十川先生の行方もわからない状況です。新たに患者の情報を集めたとしても、うまくはいかないと思うんですが……」

竜子も一度寺から脱走している。大人になってから戻ってきたのは、彼女なりの打算があったからだ。

「万治の姉がいる」

静かな声で鳥島が言った。

「チヨと産婆が出生を隠した双子の姉。彼女の子孫は残っているかもしれない。九條家がそこに辿り着く可能性はゼロとは言えない」

千里のように突発的に能力を発現したわけではなく、見子の家系は遺伝として能力を受け継いでいる。

「あの寺に世間の常識は通用しない。ただ自分たちの常識に合わせて物事を進めていく。何代もそれを続けていれば道徳観念など塵のように消え、それが『普通』になり、手段を選ばなくなる」

烏島と千里の視線が絡んだ。

「九條家は必ず次の手を考えるだろう」

医は仁ならざるの術

大鷹から質屋に連絡があったのは、切柄のところを訪れた次の日の午後だった。

「ほらよ」

千里が大鷹のアトリエを訪ねると、約束通り、十川の論文が用意されていた。『閉鎖的環境における超能力の発現と遺伝について』というタイトルを千里はまじまじと眺める。

「持ち帰らせることはできねえから、ここで読んでいけ」

「はい」

千里は論文に目を通した。内容は飛女島における近親婚の調査成績、家系における精神疾患との関係、血液型などがグラフや表で説明されている。専門用語も多かったが、比較的、千里にも理解できる内容だった。しかし後半にかけての飛女島で生まれる神童についての記述はほとんど根拠がないもので、論文が一気に胡散臭くなる。

「解説はいるか？」

わからない用語をスマホで調べていると、大鷹に声をかけられた。

「してくれるんですか？」

「これの礼だ」

大鷹は千里がお土産に持ってきた緑茶のパッケージを掲げる。

「閉鎖的な島では外から入ってくる人間が少ないぶん近親婚が繰り返されやすい。そうなると子供に遺伝子的な疾患が出てくる場合がある。幻聴、幻覚、精神疾患の症状もその一種だ。精神疾患について医学で解明されていなかった時代は、それをテレパシーや予知と混同することがよくあった」

「超能力ではなく精神疾患の症状だったんですね」

「だが十川はそう考えなかったようだ。精神疾患を超能力だと誤解するということは、逆もアリだ。そういう病を抱えている患者の中に、本物の異能力者が含まれている可能性がある。飛女島に神童と呼ばれる子供がいたという噂を聞いて、調査に乗り出した」

神童——おそらく見子のことだ。

「飛女島では、十川が論文を書き上げるために協力してくれた人間がいるらしい」

「誰ですか？」

「ひめじま病院の広世という医者だ」

優しげな顔立ちをした医者の顔が蘇る。

「この論文を書くために飛女島に調査に入ったときに知り合ったようだ。十川の研究に賛同し、後に開業資金を援助してくれたらしい」

「そういうことって、研究者の中では多いんですか？」

「多くてたまるか。そんなお人好しの足長ジジイがその辺にゴロゴロしてると思うなよ。金を出すに値する見返りを要求してたに決まってんだろ」

思い当たるのはひとつだけだ。

「……十川先生は患者の情報を流していたそうです」

「まあそういうこったろうと思ったよ」

大鷹は満足そうに茶をすする。

「昔に比べて個人情報の取り扱いは厳しくなってるからな。金を積んでも手に入れるのが格段に難しくなってる」

「烏島さんのところにいると忘れそうになりますけど……」

「あいつは勘定にいれるな」

呆れたように大鷹は言った。

「患者のカルテなんてそう容易く手に入る代物じゃない。安くない開業資金を出す価値は十分にあったんだろう」

開業資金の出所は広世ではなく、その母親の華車だ。若く金のない、そして自分たちの求める患者を見つけてくれる十川は彼らにとっていいカモだったということだ。

千里は冊子に視線を落とす。

十川は本当に超能力を信じていたのだろうか？　カードの模様や箱の中身を千里に当てさせるという実験を行った。千里がモノに触れることができる実験の正解率は一〇〇％だった。それなのに十川は千里の能力を認めず、ただの幻覚であると診断したのだ。

「お嬢ちゃん」

「なんですか？」

大鷹を見ると、いつになく真剣な視線とぶつかった。

「あんまり医者を信用するなよ」

「……え？」

唐突な助言に、千里は戸惑う。

「医は仁術なりとは言うが、医者によって善にも悪にもなる。かかる医者を間違えると、あっという間にモルモットにされるぞ」

＊＊＊

大鷹の家を出て、駅に向かおうとしていたときだった。

「目黒千里さん」

千里の前に現れたのは、あずきクリニックの事務員である枝野という女性だった。

「……あずきクリニックの事務の方ですよね？」

今日は白衣姿ではなく、ジーンズにジャケットというカジュアルな装いだった。受付で会ったときよりも、ずいぶん若く見える。

「ええ。でもそがわクリニックの事務もやっていたの」

「……私のことを覚えてるんですね」

「ええ、もちろん。あの人……あなたの親にそっくりだもの」

枝野は意味深に笑う。千里はこれまで母親と似ていると言われたことがほとんどなかったため、意外に思った。

「目黒さんに大事なお話があるの」

「……あなたが質屋にカルテを売りにきたことについてですか？」

枝野は悪びれる様子もなく、肩を竦める。

「あれは十川先生が悪いのよ。急にクリニックを閉めるって言い出して、行方をくらましたの。私は恋人と職を一気に失うことになったんですから」

「……恋人だったんですか？」

「そう。今思うと向こうは本気じゃなかったんだろうけど」

ふっと枝野の目に翳《かげ》りが落ちる。だがすぐに、笑顔に切り替わった。

「まあ無駄話はこれくらいにして、車に乗ってもらえる？」

枝野は道路脇に停めてある白い車を指さす。

「なんのために？」

「行ってもらいたいところがあるの」

そう言って、枝野がスマホの画面を千里に見せる。そこには縄で縛られた成香が映っていた。薄い浴衣姿。猿轡《さるぐつわ》を噛まされ、苦しそうな顔をして涙を流している。着物の裾から見える足は古い傷と真新しい傷が刻まれ、ひどく痛々しい。

「この子を助けたくない？」

「……この映像が本物であるという証拠は？」

枝野は笑った。

「信じないのなら別にいいのよ」

次に見せられたのは動画だ。縛られた成香が棒で激しく叩かれているところだった。

猿轡から漏れる声は演技ではない。

「……彼女を解放してください。それが確認できたら従います」

「無理よ。私はあなたを連れてくるように言われただけで、交渉する権利はないの」

「誰にですか？」

「行けばわかるわ。そこに彼女もいる」

行き先はおそらく飛女島なのだろう。成香を人質にして千里を呼び出そうとしている。

「どうする？」

こういう場合、取引がまともに成立することはほとんどない。ここはいったん断って、警察に通報する方がいいかもしれない。

「ああ、警察に通報しても無駄。飛女島では無意味よ」

千里の考えを読んだように枝野が言った。

「……やってみないとわからないと思いますけど」

「そうしてる間に取り返しのつかない薬を使われちゃうかもしれないわよ」

「なんの薬ですか」

「わかるでしょ。一度やったら抜け出せない依存性の高い恐ろしい薬」

枝野はこの状況を楽しんでいるようだ。

「打ってしまえば普通の生活には二度と戻れない。若い身空で廃人になるのは死ぬよりも地獄でしょうね」

千里は桂子や歩のことを思い出す。合法、肉体的依存がないと言われているドラッグにさえ、彼女たちは依存していた。

「どうする？」

再び問われ、千里は考える。

『――大事な決断をするときは僕の顔を思い出すように』

烏島に言われた言葉が蘇った。自分の状況と持ち物を頭の中で確認し、千里は枝野を見た。

「……車に乗ります」

「そ。じゃあ、その前に鞄とスマホを渡して」

持っていたバッグとスマホを枝野に渡した。彼女はそれを車のトランクに放り込むと、千里を助手席に乗せる。

「さあ、行きましょうか」

千里を見る枝野の目には、憎しみと嫌悪の色がありありと滲んでいた。

竜の頷の珠を取る

「ようこそ、目黒千里さん」

ひめじま病院の診察室で、ひとりの男が千里を待っていた。

白衣を着た優しそうな顔立ちの医者——さわやかな笑顔と柔らかな物腰。この男が自分の娘を人質にして痛めつけ千里の誘拐を指示した犯人だと言っても、にわかには信じることができないだろう。

「……広世さんが枝野さんに私を連れてくるように頼んだんですか」

千里は枝野の監視の下、九條家所有だというクルーザーに乗せられて、飛女島に連行された。枝野は千里を病院に送り届けると、すぐに神除市に戻っていった。バッグやスマホは返してもらえなかった。また新しく買うとなるとお金がかかるなと千里は思った——ここから無事に帰ることができればの話だが。

「ええ、そうです。彼女とは古い付き合いで」

「……もしかしてあずきクリニックからも患者の情報提供をさせているんですか？」

「はい、枝野さんに協力していただいてます」

まさか枝野と広世が繋がっているとは思わなかった。

「枝野さんから聞きましたよ。あなたは子供の頃、透視能力のようなものがあったそうですね」

「私の場合はただの一時的な幻覚でした。十川先生のカルテにもそう書かれていると思います」

「十川先生は私にあなたの情報を送ってきていないんですよ」

「え……」

千里は驚いた。

「彼には二十代前半までの幻覚症状のある女性患者の情報提供をお願いしていた。なのに対象者であるはずの目黒さんのカルテを送ってきていない。枝野さんに聞いて、はじめて知ったんです」

「私の幻覚症状がすぐにおさまったからだと思います」

千里が言うと、広世はにっこりと笑った。

「僕はね、十川先生があなたを研究材料として独占しようとしてたんじゃないかなと思うんです」

「研究材料？」

「そうです。十川先生は目黒さん、あなたが特別な能力の持ち主だと気づいた。だからこちらにカルテを寄越さなかったんじゃないかって」

そんなはずはない。幻覚症状がおさまった後、十川は千里に接触することはなかったのだから。

「私にそんな能力はありません」

つとめて冷静に、千里は言った。

「気になって調べたんですよ、私」

「……何をですか？」

「あなたの母親。目黒一未《かずみ》さんには幻覚の兆候があったようですね」

千里は目を見開く。

「そんな話、聞いたことがありません」

「あなたの母親も昔、十川先生に診てもらっている」

広世が差し出したのは、千里の母親のカルテのコピーだった。

「突然視界が幻覚にジャックされる。コントロールできず困っていたようですね。そういう状態で日常生活を送っているとさぞかし危険だったでしょう」

千里の両親は車の事故で亡くなっている。あの日、運転していたのは父親ではなく母親だった――気づくと、千里の喉はからからになっていた。

「それだけではない。あなたの母方の祖母にも同じような兆候がありました。ご存じでしたか？」

「……私が生まれたときには既に亡くなっていたので」

「死因は知っていますか？」

「病死だと聞きました」

「いいえ、違います。目黒千津子《ちづこ》さんは三十二歳のときに自殺しているんです」

千里は息を呑んだ。

「母も叔父も、そんなことは一言も……」

「わざわざ自分の母親が自殺だとは伝えないでしょう。まあ、あなたの叔父は当時赤ん坊だったので本当に知らなかったのかもしれません。自殺した理由も理由ですから、父や姉が教えなかった可能性は十分にある」

「祖母が自殺した理由はなんですか？」

もったいぶった言い方に不信感を覚えたが、聞かずにはいられなかった。

「目黒千津子さんは昔から捜し物が得意だったようです。近所の人に頼まれて、よく失くしものなどを見つけてあげていた」

ドクンと心臓が嫌な音を立てた。

「あるとき街の資産家の女性が大事な指輪を失くし、千津子さんに捜索を依頼したそうです。千津子さんはあっという間に指輪を見つけ出し、依頼人からささやかなお礼をもらった。それを知った近所の人たちが、お礼目当てにわざと指輪を盗み発見したように見せかけたのではないかと噂になった。その後、彼女は自殺した。夫と小学生の長女、生まれたばかりの長男を残して」

「……作り話じゃないという証拠はあるんですか」

千里が言うと、広世は興信所の名前が入った封筒を千里に差し出した。中には新聞記事や戸籍謄本のコピー、そして調査報告書などが入っている。すべてに目を通した千里は再び広世を見た。

「祖母が自殺したことはわかりました。これを私に見せて、どうしたいんですか？」

「あなたも千津子さんや一未さんのような不思議な力があるのではないんですか？」

それは質問ではなく確認だった。

「私にそんな力はありません。先生の診察では一時的な精神不安による幻覚というお話でした。すぐに症状はおさまったので、それ以来通院していませんし」

「あなたが特殊な力を持っていた女系継承の家系であること。その事実だけで十分です」

千里はようやく広世が何を求めているのか理解した。

「私を見子にしようとでも言うんですか？」

「いいえ。あなたには卵子提供をお願いしたい」

広世が言う。

「もちろんあなたが産む必要はない。寺には健康な母胎が揃っています。生まれてきた女児はこちらで責任をもって大事に育てます」

「……新たな見子の血筋を作るために？」

「理解が早いですね。助かります」

「私が断ったら？」

「成香が苦しむだけです」

広世がパソコンを操作すると、拘束されたまま床に転がされている成香が映った。顔色も悪く、ぐったりしたまま動かない。

「気を失っているんですか？」

「薬を飲ませて眠らせているだけです。あなたが断れば、また別の薬を打たなければいけなくなる」

千里は広世を睨みつける。

「成香さんはあなたの娘でしょう」

「ええ。母の邪魔ばかりする出来損ないの娘ですよ」

広世はモニターの中にいる成香を忌々しげに見つめた。

「見子が死に、儀式も失敗に終わってしまった。母の怒りを買い、この有様です。こうして人質になるくらいしか能がない」

「……見子の死も儀式の失敗も成香さんのせいじゃない」

「いいえ、成香のせいです。ですがあなたが卵子を提供してくれれば未来は明るい。母の機嫌も戻るかもしれません」

怒りが湧き上がる。それを目の前の広世本人にぶちまけることは簡単だ。だが問題は、この場所が相手のテリトリーであるということだった。

「……協力します」

千里が言うと、広世は嬉しそうに笑った。

「では、目黒さんにはしばらくこちらに滞在していただきます。ああ、無事に卵子採取が終わるまでは誰とも連絡を取れませんのでそのつもりで」

「……こんなことをして、ただですむと本当に思っているんですか？」

広世は同情するような目で千里を見る。

「残念ですが、思っています。この島で起こったことは母がすべて揉み消してくれますからね」

＊＊＊

千里に宛がわれたのは建物の最上階、四階にある部屋だった。

窓はなく、外の音も聞こえない。部屋に置かれている家具はベッドとサイドテーブルのみ。トイレはあるがシャワーはない。

明日看護師が来たら検査をはじめると言って、広世は部屋を出て行った。

部屋には監視カメラが設置されているので不用意な行動はできない。千里は右半身がカメラから死角になるようにベッドに腰掛け、さりげなくズボンの上から右ポケットを押さえた。中に入っている硬い感触は山岳用のGPS端末だ。バッグとスマホを奪った枝野はまさか千里がこんなものを持っているとは夢にも思わなかったに違いない。広世から持ち物検査をされなかったのも助かった。舐めてかかられるのも時には役立つものだ。もしGPS端末がなかったとしても、千里が大鷹のところから戻らなければ、烏島は絶対に捜し出してくれる。

千里はベッドに横になり、広世に渡された調査報告書に目を通しはじめた。

＊＊＊

「――千里」

誰かに名前を呼ばれた気がして、千里は目を開けた。

ベッドの上で広世から渡された調査報告書を読んでいるうちにいつの間にか眠ってしまったらしい。ベッドサイドの灯りはいつの間にか消えていた。

「灯りはつけるな」

手探りで灯りをつけようとした千里に、すぐそばから声がかかる。夢ではない。現実だ。

「起きたか」

ベッドに横になっている千里を見おろしているのは、宗介だった。千里は驚いて飛び起きる。

「宗介さん？　どうしてここに……」

「鳥島から連絡があった。すぐに出るぞ」

千里は枕の下に置いてあった封筒をスーツのジャケットの内ポケットにねじ込んで、宗介と共に部屋を出た。

「今何時ですか」

「深夜二時だ」

「警察は呼ばなくていいんですか」

「飛女島には警察署も駐在所もない。この島で起こったことについては、七杜家でも口も手も出すことはできない。九條家との決まりでな」

「何が起こっても揉み消すなんて、そんなことが可能なんですか」

「飛女島では可能だ」

宗介ははっきりと言い切った。

「九條家の檀家には七杜家が正面から相手にしたくない面倒なメンツが揃ってんだよ。そっちに協力を求められてもまずい」

七杜家が九條家に対し、完全に強気に出られない理由がよくわかった。

「これからどうするんですか」

「船を待たせてる。それでヘリポートのある無人島まで行く」

「宗介さん、成香さんがこの病院内にいるんです。拘束されて、かなり痛めつけられて

「……」

宗介は立ち止まった。

「本当か？」

「モニターで見ただけですが……」

「それで脅されたのか」

千里は決まりが悪い顔で頷いた。宗介は舌打ちする。

「今はお前が先だ。安全なところに送り届けてから成香を捜す」

「捜す必要はありませんよ、宗介さま」

廊下の先に現れたのは広世だった。パジャマの上に白衣を羽織っている。

「ここに連れてきましたから」

「ごめんなさい、千里さん……」

広世の腕の中で首に刃物を宛がわれているのは、成香だった。頬には涙の痕と猿轡の痕が残り、愛らしい顔が台無しになっている。

「七杜家の御子息が不法侵入とはいただけませんね」

「たまたま鍵が開いてたんだよ」

宗介は広世から隠すように、千里の前に出る。

「目黒さんを返していただけますか」

「娘を人質にするつもりか？」

「母の言いつけに背くような娘は娘ではないんですよ。まったく次期当主だというのに、まともに儀式の手伝いもできない出来損ないです」

千里はぎゅっとこぶしを握り、怒りに支配されそうな心を押しとどめる。

「成香は九條家の大事な跡取りだろう。いなくなって困るのは九條家じゃないのか」

「私さえいれば後継ぎはいくらでも作れますから。幸いこの飛女島にはいくらでも健康な母胎が揃っている」

どうかしていると千里は思った。

「目黒さんをこっちに渡せば成香は解放します。あなたも嫌でしょう。大事な幼馴染み《おさななじ》が血まみれになるのは」

首は既に傷がついていた。そこから滲んだ血が着物の襟元を汚している。本気なのだ。

「宗介さん」

千里は宗介の腕を引いた。

「あの人、本気だと思います」

短い時間、話しただけでわかる。あの男にとって大事なのは娘ではなく母親なのだ。

「行かせてください」

「馬鹿言うな」

「私も捕まる気はありません。隙を作ります」

「だめだ」

「助けてくれるでしょう」

千里は宗介の目を見つめる。

「もし危なくなったら、宗介さんは私を助けてくれるんでしょう？」

宗介と視線が絡む。千里は宗介の前に出て、広世に向かって歩きはじめた。

「いい子ですね。さあ、こちらに」

広世が成香を離し、千里の腕をとろうと手を伸ばす。その瞬間、千里は身を屈め広世の腹にタックルした。不意をつかれた広世もろとも、その場に倒れ込む。

「千里さんっ！」

成香の悲鳴が聞こえた。

振り返ると、広世が刃物を構えて千里を見つめていた。千里は立ち上がり、広世から離れようとする。だが、広世は想像よりもずっと速いスピードで千里を追いかけてきた。

「このッ……！」

激昂した広世が、千里に向かって勢いよく刃物を振り上げる。切られると思った瞬間、千里の身体が横から突き飛ばされた。

「っ……？」

受け身をとれず、千里は床の上に尻もちをつく。顔を上げると、広世の前に宗介が立っていた。顔の左側から滴り落ちる鮮血──千里は息を呑む。

「──痛ってぇな」

宗介は手で血を拭う。それを見た広世は、刃物を持ったまま激しく動揺していた。

「刃物を振り回してはいけませんてママから習わなかったのかよ」

「あ、あっ、あ……」

先ほどまでの勢いの良さはどこへ行ったのか。広世は口をパクパクと動かし、宗介を見つめている。自分が傷をつけた相手が誰か理解したからだろう。

「デキの悪い息子がやらかして住職はさぞかし悲しむだろうな。いや、おまえを産んだ住職がすべての元凶か？　とりあえず成香が父親に似なくてよかったよ。成香の母親はおまえの母親とは違ってまともだったからな」

宗介が笑うと、広世の顔色が変わった。

「母さんを馬鹿にするなっ！」

宗介は切りかかろうとする広世を躱《かわ》し、蹴り飛ばす。間髪容《い》れず、床に倒れ込んだ広世の右手を靴の裏で踏みつぶした。痛みで悶絶する広世を見おろしながら、宗介は床に落ちた血まみれの刃物を取り上げる。

「正当防衛だ」

広世の呻き声と成香の泣き声が響く廊下。千里は呆然としたまま、窓から差し込む月の光に照らされた宗介を見つめていた。

その後、宗介が無人島で待機していた七杜家の関係者に連絡し、すぐに助けが来た。

宗介はヘリで神除市の病院に運ばれた。情緒不安定になっている広世は拘束され、成香と共に別のヘリに乗せられた。行き先はわからないが、おそらく島外の病院であることは間違いない。成香もひどい怪我をしているからだ。

怪我のなかった千里は七杜家の車で質屋まで送ってもらった。

車を降りると、冷え冷えとした朝の空気に包まれる。店の前には黒ずくめの男がひとり立っていた。まだ一日も経っていないのに、長く離れていたような不思議な気分になる。

「おかえり、目黒くん」

「……ただいま帰りました」

二階の部屋に入ると、あたたかな空気に包まれ、ほっとする。

「紅茶飲むだろう？」

「あ、はい。いただきます」

「用意するからソファで休んでいなさい」

烏島はメタルリーフの照明がかかったシンクで湯を沸かしはじめた。千里は大人しくソファで待つ。しばらくすると、カップをふたつ持った烏島が戻ってきた。

「熱いから気をつけて」

「ありがとうございます」

カップの温もりで、冷え切った指先が温まる。

「高木さんからすべて聞いたよ」

千里が紅茶を飲み終えると、隣に座った烏島が静かな声で語りかけてきた。

「……ご迷惑をおかけしてすみませんでした」

千里は頭を下げる。

「不可抗力だろう。しかし九條のお嬢さんを使って脅してくるとは。お人好しがすっかり見抜かれているね、きみ」

「……すみません」

もう一度千里が謝ると、烏島はため息をついた。

「悪かったね。今のは八つ当たりだ」

「え……」

顔を上げると、烏島が千里の頬を撫でる。

「怪我は？」

「私はしていません」

千里を庇って、宗介が怪我をした。

「烏島さんが宗介さんに連絡してくれたんですね」

「気は進まなかったんだけどね。あの島で自由に動ける男は宗介くんしかいない」

飛女島では七杜家の支配権は及ばないと言っていたが、影響力は皆無ではない。実際、住職がすべて揉み消せると豪語していた広世は、いざ自分が七杜家の跡取りを傷つけたことに気づくと、ひどく怯えていた。

「私が飛女島に行ったことは、GPSで気づいたんですか？」

「いや、大鷹さんが教えてくれたんだ」

「え？」

「きみが家を出たところで、女に車に乗せられるのを見ていたらしい。車のナンバーを僕に連絡してきたんだよ」

千里は驚いた。

「大鷹さんの家からは距離があったと思うんですけど……」

「大鷹さんはかなり目がいいんだ」

大鷹のおかげで助かったのだが、同時に空恐ろしさも感じる。

「車の持ち主を調べた。僕が枝野さんに会いに行ったときには、既にきみのスマホとバッグは処分されていたんだ。無事に返してあげられなくて悪かった」

「……烏島さん、枝野さんに会ったんですか？」

烏島は微笑んだ。

「きみの行方だけじゃなく他にもいろいろと聞きたいことがあったからね。彼女は十川の失踪後、ひめじま病院の広世と連絡を取ったようだ」

「なんのためにですか？」

「広世の協力のもと、開業したい医者を募り、今度は十川のかわりに枝野が患者の情報を横流ししはじめた。患者の情報を売ることに味をしめたんだろう」

お金で人は変わる典型的でわかりやすい例だ。

「枝野さんは患者の情報をなんのために使うか知っていたんですか？」

「いや、最後まで知らないと言って認めなかったよ」

烏島が千里に向き直る。

「目黒くん」

「はい」

「広世はきみに卵子提供を求めた？」

その質問に、千里は身を強張らせる。

「どうしてそれを……」

広世に言われたことは宗介にも高木にも話していない。

「最近、ひめじま病院は案内状を送っているんだよ」

烏島は千里に封筒を渡した。中には美しい和風での厄除けの案内状と健康診断案内のお知らせが入っていた。

「対象者はあずきクリニックに通う二十代前半までの女性患者。皆、幻覚幻聴の兆候がある。尼寺での厄除け、無料の人間ドックと婦人科検診、そして無料の卵子凍結セミナー」

千里は目を見開いた。

「もしかして……」

「そのもしかして、だ。小石竜子が寺から脱走したとき、彼女はいくつだった？」

「十五歳です」

「洗脳するには遅すぎる年齢だ。労力と金がかかる割にはリスクが大きすぎる。きっと他に呼び寄せた患者もうまくいかなかったんだろう。だから方向転換することにした」

刷り込みは卵から――そんな言葉が千里の頭を駆け巡る。

「ひめじま病院が案内状を送った中に、そがわクリニックの患者はいなかったんだ」

「そうなんですか？」

「ああ、だから不思議でね」

「不思議？」

烏島が千里を見つめる。

「広世がどうして今更きみに目をつけたのか」

千里はごくりと唾をのむ。

「人質を使って逃げられないように拉致監禁。犯罪行為を隠しきれる自信があったんだろうが、そんな危険を冒してもいいくらい、きみに対しなにか決定的な要因を見出したのか」

千里が身じろぎしたせいで、ジャケットの内ポケットに押し込んだ書類がカサリと乾いた音をたてる。

「目黒くん、心当たりはあるかい？」

千里は烏島をまっすぐに見つめ返した。

「いいえ、ありません」

＊＊＊

「目黒さん、お帰りなさい」

質屋からアパートに戻ると、箒《ほうき》を持った大家の唐丸と出くわした。

「おはようございます、唐丸さん」

「お仕事帰り？」

「はい。出張で……今日は早上がりさせてもらったんです」

適当に嘘をつく。出張帰りなのに荷物も鞄もないことに、唐丸は不審に思わなかったようだ。

「そうだったの。お疲れ様」

「唐丸さんは焚火ですか？」

「ええ、集めた落ち葉で焼き芋をしようと思って。あとで目黒さんにもあげるわね」

焚火の炎を見つめていると、ふと千里は思い出した。

「唐丸さん。燃やしたいものがあるんですけど、くべてしまってもかまいませんか」

「ええ、燃えるものならいいわよ」

千里はポケットに押し込んでくしゃくしゃになっていた封筒を取り出した。中に入っている書類を一枚一枚火にくべていく。あっという間に灰になった。

＊＊＊

部屋に戻った千里がスーツからジャージに着替えていると、玄関のドアがノックされた。

「目黒さん、お芋できたわよぉ」

唐丸の声だ。

「はーい。今開けますね」

千里がドアを開けると、そこには思いもよらない人物が立っていた。

「じゃあ、あとは若い人たちでごゆっくり」

唐丸はそう言って去っていく。

「……汀さん」

そこに立っていたのは制服姿の汀だった。手には唐丸から預かったのだろう、アルミホイルにくるまれた芋をふたつ持っている。

「……学校は？」

「午前中で終わりなの。入っていい？」

「だめですよ」

千里がドアを閉めようとすると、汀がその隙間に足を踏み入れてきた。兄と同じ手法で強引に玄関に踏み込んできた妹が千里に体当たりしてくる。その勢いで、千里は胸に汀を抱えたまま尻もちをついた。

「ちょっ、危ないじゃないですか！」

「婚約の話がなくなったの」

千里の胸に顔をうずめながら、汀が言う。

「千里さんがお父様に話をしてくれたんでしょう」

「……なんのことですか」

汀が顔を上げた。その大きな目からは涙が伝っている。

「お母様から聞いたんです。千里さんがお父様と交渉して話をなくしてくれたって」

口止めしておくべきだった。五鈴の顔を思い浮かべながら千里は思った。

「なんでそこまでしてくれたの？」

「勘違いしないでください、汀さん。あなたのお父様とは仕事で取引しただけです」

「でも婚約の話はなくなったわ」

「こうやって家に来られるのが迷惑だったからですよ」

千里が汀を突き離そうとすると、両手で勢いよく頬を挟まれた。パチンと音がする。地味に痛い。

「私の目を見て言って」

涙に濡れた飴色の目に千里は囚われる。

「私のことが嫌いだって、目を見て言って」

「……大嫌いですよ」

千里が言うと、なぜか汀は嬉しそうに笑った。

「なに笑ってるんですか」

「だって千里さん、泣いてるわ」

汀は大きな目からぽろぽろと涙を零しながら、千里の濡れた頬を拭った。

「私のこと、嫌いじゃないんでしょう」

上目遣いで甘えるように言われた千里は、ため息をつき、その場に仰向けに倒れ込んだ。

「降参？」

千里の身体の上に乗るようにして抱きついてきた汀が、可愛らしく小首を傾げる。

「……私には借金のある親戚がいるんですよ」

「知ってるわよ」

「え？」

千里が驚くと、汀は申し訳なさそうに「気になって調べたの」と言った。

「でも千里さんは千里さんでしょ。関係ない」

「汀さんを嫌な目に遭わせてしまうかもしれません」

「そういう人間には慣れてるの。お金や人脈目当てで私に寄ってくる人はたくさんいたから」

その声には寂しさのようなものが滲んでいた。

「汀さん……」

「知ってる？　私だって七杜家の血を引いているのよ。そういう人間はうまくかわしてみせるし、万が一危ないことがあればちゃんと報告して助けを求めるわ。甘く見ないで」

強気な発言に対し、懇願するような表情。千里は負けたと思った。汀には逆らえない。

「ね、早く降参して」

「降参します」

千里が言うと、汀は強い力で抱きついてきた。今度は千里もその背に手を回す。

「私のこと好きよね」

「……好きですよ」

「合鍵くれるわよね」

「それはちょっと……少し待ってほしいかなって」

引っ越しを考えているので、どうせなら決まってからの方がいい。不服そうに唇を尖らせる汀を見て、千里はくすりと笑った。

「汀さん」

「なによ」

拗ねた声を出す汀の頭を千里は優しく撫でる。

「今度、一緒に使うティーセットを選びに行きましょうか」

＊＊＊

少し離れた場所にある木造二階建てのアパートを眺めていた五鈴は、車の後部座席の窓を閉めた。

「高木さん、出してくださる？」

「かしこまりました」

運転席にいる高木が、ゆっくりと車を発進させる。

「目黒さまにお話ししていただいてありがとうございます」

「いいんです。私だって娘に下手な婚約話を持ちかけられるのは困りますから」

会員制の料亭をやっていると、さまざまな噂話が耳に入ってくる。もちろんそれを鵜呑みにはできない。必ず精査する必要があるが、汀の婚約者候補として挙がった男の悪評は本物だった。五鈴が手に入れた情報を元彰や高木が知らないとは思えない。わざわざあの男との顔合わせを仕組んだのは、計画のうちだったからだろう。

「でも目黒さんには悪いことをしてしまったわ」

話を持ちかけてきたのは高木だが、乗ったのは五鈴の意志だ。汀に関する取引は元彰と千里の間ではなく、元彰と五鈴の間で行われていたのだ。

「元彰さんを愛してるなんて、あんな嘘までついてしまって」

「……八木さま」

「愛人の愛の字をつけるのもおこがましいくらいにビジネスライクな関係です。指一本触れられるのも嫌で、人工授精で子供を産んだ。純粋でアットホームな愛人関係なんて成立しないって正直に言ってあげられればどんなによかったか」

「八木さま」

静かだが、強い口調だった。はじめて会ったときから五鈴はこの男が苦手だった。元彰も大概読めない男だが、高木ほどではない。

「……宗介さまもいずれ、元彰さんと同じ道を辿るんでしょうね」

高木から返事はなかった。

五鈴は窓の外を眺める。景色が自分の料亭に近づいてくると、力がみなぎってくる。同じ戦場なら家庭よりも職場の方がずっといい。

母親の顔から女将の顔に切り替え五鈴は颯爽と車を降りた。

愛を灌ぐ傷

病院の受付で名前を言うと、しばらくして警備員に別棟に案内された。

エレベーターの中は木目調で高級ホテルのような雰囲気だ。豪華なだけでなく、セキュリティも厳重だった。すべてのドアがカードキーの認証がなければ開かないようになっている。エレベーターが停まると、スピーカーから女性の声で名前と見舞い相手を確認された。千里が答えると、ようやく扉が開く。エレベーターの向かい側に受付があり、そこで名前や連絡先を記入させられ、しばらく待つように言われた。

「千里さん？」

振り返ると、コートを手に持った成香がいた。

「成香さん。お見舞いですか？」

「ええ、今終わったところです。千里さんも？」

「はい」

高木に連絡を入れ、許可をもらっている。指定されたのがこの時間だった。

「そうですか。ちょうど今お医者さまが診察に入ったところなので、少し待たないといけないかもしれません」

「時間はあるので待ちます」

今日は仕事も個人的な予定もない。すると成香が千里を見た。

「診察が終わるまで、少し話をしてもいいですか？」

「いいですよ」

成香に連れられて入ったのは、受付の隣にある待合室だった。先客はいない。置かれていた革張りのソファに並んで座る。

「すみません、千里さん。あなたを巻き込んでしまって」

成香が頭を下げた。

「それに父が……本当にどう謝っていいか」

「私は怪我してませんから、気にしないでください」

玖相寺の住職と広世が仕組んだことだ。だからといって他人事にはできない成香の気持ちは痛いほどわかる。血の繋がりとはそういうものだからだ。

「それだけじゃないんです。私は千里さんを嘘の仕事で寺に呼びました。それから――」

「薬で眠らせ、御籠の儀を執り行おうとしたことですか？」

成香の目から、ぼろりと大粒の涙がこぼれ落ちた。

「本当にごめんなさい……」

成香は顔を覆った。

「宗介君は儀式をずっと拒んでいたんです……だから宗介君の好きな人を呼べば彼は来るだろうと……」

「住職は納得したんですか？」

「渋りました。ですが肝心の宗介君が来なければ儀式は成立しませんから、最後には許可を出しました。でもまさか、あんなことになるなんて……」

あんなこととは、竜子が千里を山の外に放り出し入れ替わったことだろう。成香にとっても寝耳の水の事態だった。

「住職が千里さんの身辺調査をしていることを知って、竜子さんは見子の座を奪われるのではないかと危惧していました。ご本尊を盗んだのは七杜家と交渉するためだったようですけど、それを利用して千里さんに盗みの罪を擦り付けようとした。本堂で見かけたと尼に証言させたのも竜子さんの指示でした」

成香は千里の手を取った。

「巻き込んでしまってごめんなさい。でもこれからは私があなたにまとわりつく害虫を全部叩き潰すと約束しますから」

「何を言って……」

「九條家は七杜家の跡取りの正妻の選定に関わっているんです」

千里は目を見開いた。

「宗介君には『正妻』としての役目を正しく果たせる女性を選びます。宗介君に指一本触れさせないというのは無理かもしれませんけど、子供は人工授精という手がありますから安心してください」

成香が喋っているのは確かに日本語だ。しかし千里はまったく理解することができなかった。

「千里さん、あなたはなんの責任も負わず、自分の好きなことをして生きればいいんです。ほら、質屋のお仕事を続けたいとおっしゃってましたよね？」

「ちょっと待ってください、成香さん」

「もちろん宗介君との間に子供が欲しければ作ってくれてかまいません。七杜の跡取りにすることはできませんけど、そのかわりに十分な養育費を七杜家から――」

「成香さん！」

千里は成香の肩を掴み、揺さぶった。

「さっきからあなたは何を言ってるんですか?」

成香がきょとんと首を傾げる。

「宗介君の愛人になる話ですけど……」

千里は言葉を失った。千里の沈黙をどう解釈したのか、成香が心配そうに千里の顔を覗き込んでくる。

「やっぱり愛人という立場はお嫌ですか? でもあなたが正妻として七杜家に入れば間違いなく辛い目に遭います。宗介君の傍にいるなら愛人という立場が一番安全なんです」

千里は心を落ち着けるため深呼吸し、成香に向き合う。

「成香さん、なにか誤解してませんか?」

「誤解?」

不思議そうに小首を傾げる成香の瞳は、どこまでも澄んでいる。本当にわからないのだ、千里の困惑している理由が。

「私は愛人にはなりません。そもそも宗介さんと私はそういう関係じゃないんです」

「宗介君はあなたのことを好きだと言いました」

他人の口から宗介の想いを知らされるのは、胸が苦しい。

「宗介さんは……彼のまわりにはこれまで私のような平凡で普通の人間がいなかったから、物珍しさで興味を持っただけなんです。それを恋愛感情と勘違いしているだけなんですよ」

千里が言えば、成香の表情が険しいものへ変化する。

「愛を与えておいて、今更拒むんですか？」

「愛？」

千里は驚いて問い返す。

「愛なんて与えたことはありません」

「与えています」

強い口調で成香は言った。

「千里さん、あなたは宗介君を子供扱いしているでしょう。七杜の跡取りだと知っていて」

「それは……当然じゃないですか。宗介さんは未成年で、まだ学生なんですから」

どんなに大人びていても、子供は子供だ。

「違います。跡取りは生まれた瞬間から跡取りなんです。親からは子供としてではなく、家を継ぐ者として扱われる。次期当主としての自覚を持たせるために。だから、あなたが宗介君を無条件に子供扱いした時点で、それは愛でしかないんですよ」

「私はそんなつもりは」

「そんなつもりはなかったと言って、取り上げるんですか」

泣きそうな顔で成香は千里をなじる。だが、その瞳は千里を見ていない。ここにはいない、他の誰かを非難するように。

「お菓子の味を知らなかった子供にほんのひととき甘い夢を見せて、やっぱりあげないって取り上げる、そんな残酷なことを千里さんはするつもりなんですか」

「成香さん……」

「そんなこと許さない」

千里の腕を摑む手に、力が入る。華奢な指が服の上から肉に食い込み、千里に痛みをもたらす。だが、振り払う気にはなれなかった。

「成香さんも誰かに取り上げられたんですか」

千里が尋ねると、成香はハッとしたような顔をした。

「なんの話ですか」

「竜子さんですね」

小さい頃出会った好きな人——ずっと宗介のことだと勘違いしていた。

「あなたの好きな人は、竜子さんなんでしょう」

御籠の儀に千里を選んだのは、自分の好きな人が宗介の相手役になることを防ぎたかったからだ。

「……竜子さん、いいえ、優実さんは私に島の外の風を感じさせてくれた人でした」

独り言のように、成香は語りはじめた。

「でも彼女は退屈な島の暮らしに嫌気がさして逃げ出してしまって……だから大人になって戻ってきてくれたときはすごく嬉しかったんです」

そう、小石優実は小石竜子として寺を訪れた。千里が引っかかっていることがある。

「顔も名前も変わっていたのに優実さんだと気づいたんですか？」

「確かに顔も名前も変わっていたけど、何度か言葉を交わすうちに優実さんだと確信しました。彼女は私のことをまったく覚えていませんでしたけど……」

成香は哀しそうに目を伏せる。

「竜子さんはあなたの気持ちを知ってたんですか」

「いいえ、知りません。むしろ嫌われていました。彼女が宗介君に近づくのを邪魔しようとしていたから、当然なんです」

「成香さん……」

「でも今は幸せなんです。彼女は一生、私のそばにいてくれますから」

竜子の遺骨を引き取ると彼女の母親に申し出たのは、自分の手で好きな人を供養したかったからなのだろう。

「私はいずれ九條家に相応しい、そして好きでもない男性を婿として迎え女児を産みます。宗介君も同じ。七杜家に相応しい女性を迎えて男児を産ませなければいけません。私には優実さんという支えがありますが、宗介君にはないんです」

成香が千里の手を取る。

「だから千里さん、あなたがなってあげてください」

「成香さん……」

「愛人という立場は悪いものではないんです。わかるでしょう？」

「それは大人の勝手な言い分です。生まれてくる子供は違うでしょう？」

千里は成香を諭すように言う。

「生まれてくる子は親とは違う、まったく別の人間です。父親と母親、双方が愛人を持つことに納得していたとしても、子供が納得できるとは限らない。宗介さんだって、自分と同じような思いを子供にさせるなんてできないはずです」

宗介が五鈴の存在を許せなかったように、汀が自分の母親の愛人という立場を恥じたように。

「千里さん……宗介君は七杜家の人間なんですよ」

成香は同情するような目で、千里を見た。

「わかっています」

「いいえ、あなたはまったく解っていません」

鋭い視線に射抜かれる。

「そう遠くない日に、嫌でもそれを理解できる日が来ると思います。そのときは千里さん、私の言葉を思い出してください」

＊＊＊

「目黒さま」

成香が帰った後、待合室にいた千里に声をかけたのは高木だった。

「お待たせしました。病室の方へどうぞ」

千里は高木の後についていく。

「宗介さんの目は……？」

「視力には影響がないとのことでした。今のところですが」

「……傷は浅いんですか？」

「会ってお確かめください」

高木に促され、病室に入る。宗介はベッドの上に腰掛け、窓の外を眺めていた。

「宗介さん」

名前を呼ぶと、宗介がゆっくりとこちらを振り返った。左目を隠すように大きな絆創膏が貼られ、その上から包帯が巻かれている。

「……怪我の状態は」

「来てくれ」

ベッドのそばに近づくと、宗介が千里の手を取った。それを包帯に覆われた左目に持っていく。

「ここから」

眉の下あたりに千里の指が触れた。

「ここまでだ」

瞼から目の下を縦に横断するように指が滑る。あれだけ血が出たのだから、決して傷は小さくはないだろうと思っていた。だが実際に触れて確かめさせられた大きさに、言葉が出ない。

「……傷痕は残るんですか」

「残る」

千里は唇を震わせる。包帯を巻かれていてもなお、宗介の顔は美しい。名家の次期当主の顔に傷が残る。それが宗介とその周囲にどういう影響をもたらすのか、千里には想像がつかない。

「私、どうやって宗介さんに謝れば」

「謝らなくていい」

宗介が千里の手を引き、ベッドに座らせる。抱き寄せられると、消毒液とお香が混ざったような匂いがした。想像よりも厚い胸板から宗介の鼓動が伝わってくる。いや、これは自分の鼓動なのかもしれない。緊張と恐怖、罪悪感で千里の頭の中は混乱していた。

「千里」

宗介の手が頬をなぞり、耳の後ろを通って首の後ろに回される。もう片方の手で頤《おとがい》を持ち上げられ、長い指が千里の唇に触れた。

＊＊＊

「――目黒さま」

病室から出てきた千里は、廊下に立っていた高木に驚いたように肩を揺らした。

「驚かせましたか。失礼しました」

高木が謝ると、千里はぎこちない笑みを顔に貼り付けた。

「いえ、大丈夫です。長居してしまってすみませんでした」

「とんでもない。もうお帰りになりますか？」

「あ、はい……」

「ではご自宅までお送りします」

下で待機させている運転手に高木が連絡を入れようとすると、千里が「待ってください」と言った。

「高木さん、私ひとりで帰れますから」

「ですが最寄りの駅までは距離が」

「平気です。少し歩きたい気分なんです」

薄暗い廊下、灯りに照らされ、千里の顔がよく見えるようになった。高木は一瞬どうするか逡巡した。下手に口にするのは、彼女を辱めることになる。家まで車で送るなら黙っているつもりだった。だが電車やバスを使うなら、やはり伝えておいた方がいいと判断する。

「目黒さま、シャツのボタンが」

ボタンの掛け違いで布地がたわみ、その隙間から肌がのぞいている。赤い傷は嚙み痕に見えた。千里の顔色がみるみるうちに青くなる。

「エレベーター横に来客用のお手洗いがありますので」

「……すみません、ありがとうございます」

千里は高木に頭を下げ、逃げるようにその場を後にする。それを見送ってから、高木は病室のドアをノックした。

「宗介さま」

中に入ると、宗介はベッドの背もたれに身体を預け、窓の外を眺めていた。

「千里は？」

「お帰りになりました」

「そうか」

宗介の薄い下唇には目新しい傷ができていた。

「……宗介さま、無理強《じ》いは」

「してねえよ」

高木はため息をついた。

「先ほど院長からお話がありました。形成外科の診断では傷は残さないように綺麗に治せるそうです」

「このままでいい」

「ですが宗介さま」

高木は目を瞠った。

「お綺麗な人形より疵があった方が箔がつくだろ」

このままにしておけば、左目の傷はそれなりに目立つものになるだろう。それを見るたびに罪悪感に苛まれ傷つくのは宗介ではない。

「大事な方を悲しませるのはどうかと思います」

「大事にしたところで手に入らない」

宗介が切り付けられたと報告があったとき、高木に湧き上がってきたのは心配よりも疑問だった。宗介は小さなころから武術の訓練を受けている。それなのになぜ広世のような武術の心得もない人間に傷をつけられたのか――今ようやく理解できた。

「心の底から欲しいと思うものを俺は諦めてきた。家のために今までずっと」

母親譲りの美しい容貌、父親譲りの判断力と行動力、家柄、有り余る資産。宗介は他人が羨《うらや》むものを持っている。だがそれらは宗介が欲しいと望んだものではないことを高木はよく知っていた。

「だが俺の性に合わない」

宗介はベッドから降りる。窓から地上を見おろす――その視線の先に誰がいるのかは、確認せずともわかった。

「欲しいものは手段を選ばず手に入れる。それが七杜家の流儀だ。そうだろ?」

宗介が笑う。その表情がいつか見た若き当主の姿と重なった。血は争えないとはこのことだ。

「院長に伝えておきます」

高木は静かに頭を下げ、病室を出た。

「ようこそ、九條さん」

成香が車から降りると、店の前で烏島が待ち構えていた。

「七杜家の車でいらっしゃったんですね」

二階の部屋に入りコートを脱いでいると、紅茶の準備をしていた烏島が言った。

「はい。宗介君の病院に寄っていたんです」

「そういえば、宗介くんの件はどうなりましたか」

「密儀をとりやめることと引き換えに許していただけました」

成香の首には白い包帯が巻かれている。実の父親に傷つけられた傷だ。診てもらった医師からはすぐに消えるだろうと言われた。

「こちら、頼まれていたものです」

紅茶の入ったティーカップを持って戻ってきた烏島に、成香は書類を渡した。

「これが父と住職が興信所に依頼した千里さんのご家族の調査報告書です。元データの方はすべて破棄しました」

「今、確認させていただいても？」

「もちろんです」

烏島が書類に目を通す間、紅茶を飲んで待つ。

「目黒くんの身辺調査を依頼した際に目黒くんの母親――目黒一未がそがわクリニックにかかっていたことを広世さんははじめて知ったわけですか？」

烏島に問われた。

「はい。広世が十川さんに提供を求めていたのは二十代前半までの若い女性患者の情報だったので、年齢的に対象外だった一未さんの情報は広世の方に届いていなかったんです」

「精神的不調による幻覚か……突如として現れるビジョン……コントロール不能……車で事故を起こしたのはこのせいか……」

小声で呟いた烏島に、成香は首を傾げる。

「どうされました？」

「いえ、こちらの話です。広世さんは一未さんに異能があったのではないかと考えたんですか？」

「いいえ、そのときはまだ半信半疑でした。ですが千里さんの祖母が異能を持っていたという調査結果と、当時のそがわクリニックの事務員から、千里さんもクリニックにかかっていたことを聞いて確信したようです」

「目黒くんは対象者だったのにもかかわらず、カルテは広世さんの方に届いていなかった？」

「はい。十川さんが送り忘れたのか、意図して送らなかったのかはわかりませんけど」

「おそらく後者でしょうね」

なぜか烏島ははっきりと言い切る。

「十川さんは元恋人の娘の情報を提供することに抵抗があったんでしょうか」

十川が学生時代に千里の母親と親密な関係だったことも報告書には書かれていた。

「さあ、どうでしょう。そういえば竜子さんの遺品の方はどうなりましたか？」

「竜子さんのお母様の了承を得て彼女が神除市に借りていたトランクルームの中のものを引き取りましたが、烏島さまがおっしゃっていたカルテの原本は見つかりませんでした」

「そうですか」

「申し訳ありません」

「いえ、かまいません。既に処分されている可能性もあるとは思っていたので」

烏島は書類を封筒に仕舞った。

「内容を確認できたので、こちらの調査報告書を見子捜索依頼の報酬として頂戴します」

「本当にそれだけでよろしいんでしょうか？　調査にかかった実費だけでもお支払いしようと思ってきたのですが……」

烏島が成香に求めたのは、九條家が興信所に依頼した千里の調査報告書だけだった。

「実費等は七杜家の方からいただくことになっておりますので結構です」

「あの、興信所の方はどうしますか？　あちらにも千里さんやそのご家族の情報が残っていると思うんですが……」

「こちらから連絡して対処しますから問題ありません」

烏島はテーブルの上に封筒を置き、成香に向き直った。

「小石竜子さんが亡くなった件ですが、薬を混入させた尼見習いを警察に突き出す気はないんですか？」

「彼女は見子に命令されただけなので。薬が直接的な原因になったとは限りませんし」

「お膳はあなたが用意して運んでいた。見子に運ぶお膳と目黒くんに運ぶお膳を取り違える可能性もあったわけですね」

成香の視線が烏島のそれと絡んだ。

「烏島さんは私を疑ってらっしゃるんですか」

「いいえ。あなたの竜子さんに対する痴情に目黒くんを巻き込んだことに怒りを覚えているだけです」

成香は目を見開いた。

「……千里さんから聞いたんですか？」

「いいえ。あなたの竜子さんを見る目でわかりました。紛れもない愛着だった。住職はご存じなんですか？」

「いいえ、知りません」

知っているのは宗介、そして千里だけだ。九條家の跡取りが女性しか愛せないということは格好のネタになる。絶対に知られるわけにはいかなかった——恋した相手にさえも。

「ずっと隠し通せるとお思いですか」

「そのつもりです。婿を取り女児を産むことは九條家の女の定めだと理解しているので。ですが……万が一住職が知れば、私には見切りをつけるでしょうね」

「跡取りはあなたしかいないのにですか？」

「父がいますから。人工授精で新しい跡継ぎを産ませることもやぶさかではないでしょう。そのための精子も保存しています。住職は私が彼女の傀儡《かいらい》であることに意味を見出しているだけですから、それができないのであれば切り捨てられるだけです」

成香は首筋に手を当てながら笑った。

「そういえば、ご住職とお父様は今どんなご様子ですか？」

「母は興奮状態でまともに話ができません。父も喋れる状況ではなくて。しばらくは神除市の病院でお世話になる予定です」

「人工授精による見子の血筋の復活計画は延期ですか」

成香は首を横に振る。

「いいえ、その計画は破棄するつもりです。もともと島に人工授精ができる設備と環境を整えたのは、住職が男児ひとりしか産めなかったことがきっかけなんです。父が医者になったのも住職の命令でした」

「だがそれを見子の血筋の復活に利用しようと考えた？」

「竜子さんの脱走がきっかけです。刷り込みは卵からでないと秘密保持と血の継承は不可能だと考えて、計画を変更しました」

生まれたばかりの赤ん坊から尼となる女性を育てるのも、そのためだ。

「無料の婦人科検診、厄除け、卵子凍結セミナー。若い女性患者を集めるにはうってつけの題材だ。母胎はどうする気だったんです？」

「尼がいます。それに不妊治療で父のもとにやってくる島民は多いんです。島では女子を産むか産まないかでその後の人生が大きく変わりますから」

「なるほど、母胎には困らない」

「ええ。私もそうやって生まれたので」

尼だった母親は成香を産んでから気を病み、年若くして亡くなった。華車の折檻が原因だ。苦労して苦悩してやっと生んだ子が男児だった絶望は、あっさり女児を産んだ成香の母への嫉妬へすり替わった。

「現実的に考えて計画を破棄するのは無理でしょう。あなたにはなんの権限もない」

「……そうですね」

烏島の言う通りだった。絶対的な支配権は華車が持っている。そのため寺の尼は住職につく。実の父親でさえ敵に回る。九條家の跡取りという立場は実はとても危ういものだった。

「ご住職のような性格の方は驚くほど長生きしますよ。彼女の目のあるうちは、あなたは何もできない。その間に運悪くご自分の秘密がばれてしまう可能性もある。そうなれば、あなたが大事にしている小石優実さんの遺骨も取り上げられてしまうかもしれませんね」

ハッとしたように成香は顔を上げた。

「あなたは一人娘であり、九條家の唯一の後継ぎです。今のところ、あなたが住職の地位につくことは決定している。それが少々早まったところでなんの問題もないでしょう」

「……でも、それは」

困惑する成香に烏島が微笑みかける。

「あの寺、いえ、あの島で起こったことは玖相寺の住職であればすべて揉み消せる。恐れることなどなにもないはずですよ」

住職なら、住職になれば——部屋のドアを誰かが叩く音に、成香は思考の海に沈みかけていた意識を取り戻した。

「お客様ですか？」

「ええ。約束の時間にはまだ早いんですがね」

烏島が困ったように微笑むと、成香はソファから立ち上がった。

「では私はこれで失礼します」

「申し訳ありません、急がせて」

「いえ、気になさらないでください。頭の中の靄《もや》が晴れて、自分のやるべきことが見つかりました」

部屋を出て行く前に、成香は烏島を振り返った。

「烏島さまはご存じですか。仏教においての愛着は三毒のうちのひとつだと」

「ああ、聞いたことがありますね」

「烏島さまもご自分の毒で大事なものを殺してしまわないようにお気を付けください。私のようになりますから」

烏島は目を丸くし、声を上げて笑った。

「ご忠告痛み入ります。ですが僕よりもその忠告が必要な人間がいると思いますよ」

「誰ですか？」

首を傾げる成香に、烏島は笑みを消す。

「あなたの大事な幼馴染みです」

＊＊＊

部屋から出てきた女は、ドアの前に立っていたこちらに気づくと、一瞬驚いたような顔をした。

「ありがとうございます」

一歩後ろに下がって道を譲った自分に対し、女は笑みを貼り付け礼を言う。その視線は首元に向けられていた。そういえばタクシーの運転手もちらちらと首の文身を気にしていた。マフラーでも巻いてくるべきだったかと思っていると、この店の主である男が開いたドアから顔を出した。

「ようこそ、切柄さん」

質屋の店主である烏島は、満面の笑みで切柄を出迎えた。

「どうも」

「どうぞおかけになってください」

烏島はテーブルの上にある紅茶のカップを片付けながらソファを勧める。切柄は持っていた風呂敷包みをテーブルに置き、ソファに腰掛けた。部屋の棚にはまったく統一性のない品々が並べられている。

「ここ、あなたの工房ですか」

「工房ではなくコレクションルームですね。紅茶はいかがです？」

「結構です。それより一服させてもらってもかまいませんか」

タクシーに乗っている間、タバコが吸えないのが苦痛だった。切柄は懐から取り出した電子タバコを取り出し許可を求める。烏島は「どうぞ」と言って、切柄の向かいに座った。

「取り引きがしたいということでしたけど」

「ええ。電話でお伝えした通り、あなたのご先祖様がお持ちになってる鏡が欲しいんです」

切柄はゆっくりと煙を吸い、吐き出した。

「鏡？」

「七天竜神照魔鏡ですよ」

切柄は脚を組み替える。着物の裾がはだけ、竜の鱗の刺青が入った足がむき出しになる。

「どうして俺の家にあると思ったんです？」

「竜子さんは玖相寺に祀られているのは飛女島聖天ではなく、七杜家の家宝の鏡であることを知っていた。これは七杜家の当主しか知らない極秘事項です」

「彼女には特別な力があった。竜眼で知ったんじゃないですか？」

「彼女にそんな力はありません」

「言い切るんですね。根拠は？」

「本当にそんな力があったのなら、彼女はもっと早くに破滅していたはずです」

切柄は目を丸くし、「確かにそうですね」と唇の端を吊り上げる。

「あなたは小石竜子に注意喚起するという体で、玖相寺と七杜家の関係、そこで行われている儀式の秘密について教えた。玖相寺のご本尊は生ける見子であり、厨子の中に隠されているのは七杜家の家宝の鏡だと」

ガラス玉のような瞳がこちらの秘密を暴き出そうと妖しく光る。

「ええ、教えましたよ。それが？」

「実際に寺の厨子におさめられていたのは家宝の鏡ではなく、掛仏でした」

「掛仏？」

切柄が首を傾げる。

「鏡に神像を象ったものです。その掛仏には魔鏡現象があった。鏡面に光を反射させると、内側に隠されている絵柄が投影されるようになる」

「なにが隠されていたんです？」

「『チヨ』と『万治』という名前です。『万治』はあなたの先祖、九條家の方に確認したところ、『チヨ』は当時の見子の名前だそうです」

驚きはなかった。先祖が残した手記にも見子の名は書き残されていたからだ。

「七十代目当主、七杜宗治朗は掛仏を作らせ、寺の厨子に祀った。表立って弔うことのできない、儀式によって亡くなった母とその息子のために。その後、宗治朗は七柱の伝説と呼ばれる生贄の儀式を取りやめています」

「でも玖相寺の儀式は取りやめさせることができなかった」

切柄は言い、咥えたパイプからゆっくりと煙を吸い込み、吐いた。そして再び口を開く。

「チヨは玖相寺の本尊を息子に持たせ、竜眼を持つ娘と一緒に島の外に逃がした。そして本堂で自分に火をつけた——二度と不幸な儀式を成立させないために払ったチヨの犠牲も、結局は無駄に終わったわけです」

「やはり見子は万治さんにご本尊を持たせていたんですね」

そう言って嬉しそうに笑う烏島を一瞥してから、切柄はテーブルの上にのせた風呂敷を解く。木の箱の蓋を開けると、烏島の視線がそこに釘付けになった。

「見子が万治を島から逃がす際に持たせた『玖相寺の本尊』です」

竜の絵柄が入った美しい銅鏡は保管状態がよかったので、錆もほとんどついていない。

「はじめ、万治はこの鏡の正体を知りませんでした。島から一緒に逃げてきた姉がこの鏡に触れて『これは七杜家の家宝だから大事にするように』と万治に言った。万治は半信半疑だったようです。本物は寺にあって、おそらくこれはよく似た偽物なのだろうと」

「いいえ、それこそが実物ですよ、切柄さん」

「七杜家はこの鏡を欲しがっているわけですか？　これから先も儀式を続けるために」

「七杜家の現当主は密儀の廃止を決定しましたよ」

切柄は目を見開いた。

「七杜家は家宝が現存していることに懐疑的です。その鏡を欲しがっているのは僕なんですよ、切柄さん」

烏島の瞳は鏡を見つめているときだけ焔《ほむら》のような熱が宿る。欲しいと言うのは紛れもない本心なのだろう。

「取り引きと言われても、俺にお金は必要ないんですけど」

「そう思って、あなたの興味を引きそうなものをご用意しました」

「俺の興味を引くもの？」

烏島はソファから立ち上がると、壁に掛けてあった布を外した。その下から出てきたのは、額に収まった一枚の絵だ。切柄は目を丸くする。

「どうしてこの絵がここにあるんです？」

「交渉して譲っていただきました。本物かどうか心配なら、郷土資料館の方へ確認してくださってかまいません」

切柄はソファから立ち上がると、吸い寄せられるように絵に近づく。

「俺が見間違えるはずがありません。何度もあそこへ足を運びましたから」

地に向かって火を吐く竜の姿が描かれた『神除川の竜神』。美しく力強い。切柄は絵の前を何度も往復したあと、烏島を振り返った。

「すみません。紅茶をもらってもいいですか」

「ご用意します」

烏島が紅茶を入れている間も、切柄は飽きずに絵を眺めていた。

「どうぞ」

烏島が紅茶をテーブルに置く。切柄は再びソファに座ると、熱い紅茶をごくごくと飲み干した。

「おかわりは？」

「もらいます」

烏島はポットから紅茶を注ぐ。切柄はまたすぐに飲み干してしまった。

「小石さんのタトゥーのリメイクをする際にあなたは竜を彫りましたね」

「竜にしてくれと小石さんが言ったんです」

「あなたが彫った竜は『逆さ竜《さかりゅう》』なんじゃないですか？」

切柄は返事をせず、タバコの煙をゆっくりと吐き出す。烏島は気にせず話を続ける。

「『逆さ竜』は神除市に伝わる伝説において儀式の失敗を表すものです。『偽りの見子』を送ることで儀式を失敗させ、先祖を殺そうとした玖相寺と七杜家に対して復讐を果たそうとしたのではないんですか」

「違いますよ」

切柄ははっきりと否定した。

「先祖の遺した手記を読んでも、玖相寺や七杜家に対して憎しみは湧きませんでした。昔すぎて実感がないんですよ。でもそうですね。まったく復讐心がなかったかと言えば嘘になるかもしれません」

「それはどういう理由で？」

「これは『逆さ竜』ではなく『昇り竜』なんです」

郷土資料館に足を運ぶたび、間違った飾り方をしていることに憤りを感じていた。

「浮世絵の彫師をやっていた万治は人気絵師と組んでいました。ですがその絵師が流行《はやり》病《やまい》にかかって筆を持てなくなり、万治が代わりに図案を描いていたんです。その後、絵師は死に、先祖が描いた絵は絵師が描いたものとして神除市の地主に買い取られ、絵心のない人間に逆さまに大々的に展示されてしまった」

「あなたは郷土資料館に先祖の絵を寄贈した当時の七杜家の当主に腹を立てていたわけですか」

「そんなところです」

今すぐこの絵を飾り直したい、そんな衝動にかられながらカップに注がれた紅茶を飲む。

「いかがでしょう。取引には応じていただけますか」

「応じます」

即決した切柄に、烏島は少し拍子抜けしたようだった。

「いいんですか？　その鏡は先祖から受け継いだ大事なものなのでは」

「俺にとっては切柄万治が残したこの絵の方が大事なんです」

烏島は意外そうに眉を上げる。

「あなたは七杜家の直系の子孫にあたります。この鏡はその証拠にもなるでしょう」

「興味ないんですよ。関わったら面倒なことになるのは目に見えているんで。それにうちの先祖が気にかけていたのは七杜という家ではなく、生き別れになった姉の子孫ですから」

切柄が言うと、烏島はすっと目を細める。

「そういえば切柄家が捜していた見子の子孫は見つかったんですか」

「見つかりました。まあ確認を取ったわけでもないですし、これから先確かめる気もないですけど」

「どうしてです？」

「本人が気づいているからですよ。俺がわざわざ忠告しなくても彼女は隠し通すでしょう」

紅茶を飲み干した切柄はソファから立ち上がった。

「梱包材はありますか？　絵を包みたいんです」

「宅配でお送りしましましょうか？」

「いえ、持って帰ります」

烏島から梱包材をもらい、丁寧に絵を包む。礼を言って帰ろうとすると、テーブルの上に置かれたままの『七天竜神照魔鏡』が目に入った。

「その鏡はどうするんですか？」

「二度と世に出ないように僕が責任をもって保管させていただきます」

烏島が言う。コレクションルームに飾るわけではないようだ。どちらかというと危険物扱いに似たものを感じる。この鏡には人に化けた妖を暴き出し退治したという逸話があるらしい。

「あなた、人の姿に化けた妖とかですか？」

切柄が尋ねると、烏島は一層美しく微笑んだ。

「ええ、よくわかりましたね」

抜目鳥の唄

七杜家の当主の書斎の窓からは、美しい庭が一望できる。

玄関の前にタクシーが停車し、後部ドアから黒ずくめの男が出てきた。出迎えた高木と共に建物の中に入っていく。しばらくするとドアをノックする音が聞こえた。

「烏島さまをお連れしました」

元彰が入室を許可すると、ゆったりとした足取りで男——烏島が入ってくる。

「どうも、七杜さん」

「座ってくれ」

烏島にデスクの前のソファを勧め、自分も向かい側に座る。サキが紅茶を運んできた。

烏島が礼を言うと、嬉しそうに頬を染める。美形は見慣れているはずだが、烏島は特別らしい。顔の造形だけではなく、この男には人を惹きつける何かがあるのだろう。

「宗介くんは？」

高木とサキが出ていってから、烏島が尋ねてきた。

「明日退院する」

「それはよかった。傷の方はどうなんです？」

「残る」

正確に言えば「残る」ではなく「残す」だ。元彰としては宗介の判断に口を出すつもりはなかった。

「宗介くんの顔立ちは母親ゆずりと聞きましたが傷が残るのは残念ですね」

「傷で本人の価値が左右されるようなら、その程度の人間ということだ」

傷があろうとなかろうと七杜家の次期当主としての役目をしっかり果たしてくれれば、こちらとしてはどうでもいいと元彰は考えていた。

「そういえば、九條家の当主が亡くなったと聞きました」

茶を飲んでいた烏島が、思い出したように言った。

「寺の裏手にある階段から転落したそうだ」

一昨日、九條家の跡取りである成香から連絡があった。死因は脳挫傷。事故死として処理された。葬儀は密葬で執り行うという。

「発見者は誰だったんです？」

「九條の娘だ。遺体にカラスが群がっていたところを発見した。目玉が食われていたそうだ」

夕日に照らされた住職の無惨な姿を目にした尼たちは、気を失ったらしい。意外にも成香だけは落ち着いており、混乱する尼たちをまとめあげ、寺を取り仕切っている。

「カラスは地獄に棲むと言われる鳥ですから、地獄に連れて行かれたのかもしれませんね」

そう言って微笑む烏島を、元彰は一瞥する。

「嬉しそうだな、烏島」

「とんでもない。惨めな終わりを迎えることになった彼女には心から同情しています」

「そんなに自分の従業員を貶められたのが気に入らなかったか？」

「まさか。僕はそこまで狭量ではありませんよ」

烏島はそう言い、風呂敷包みに入った箱を取り出した。中に入っているのは錆びついた銅鏡だ。

「宗介が頼んでいた件か」

「ええ。玖相寺の厨子に祀られていたご本尊の調査が終わったのでお持ちしました」

「結果は？」

烏島に渡された調査報告書に目を通す。

「うちの家宝である可能性はゼロだな」

「江戸時代に作られたもののようですからね。それに鏡というよりは掛仏の意味合いで作られたものではないかと。どうされます？」

「玖相寺に戻す。それより私が頼んでいた件はどうなった」

飛女島から流出した七杜家の落とし胤の存在が判明した。七杜家にとっては継承争いの大きな火種になりかねない問題だ。

「七杜家に繋がるものは彼の了解を得て処分しました。ご安心を」

「よく取引に応じたな」

烏島が交渉の材料に求めたのは郷土資料館に元彰の父が寄贈した竜の絵だ。最初館長からは渋られたが、かわりに違う絵を寄贈すると言うと二つ返事で了承した。

「興味がないそうです。七杜家に関わるのは面倒だと言っていました」

元彰はふっと口元を緩める。

「確かに面倒極まりない家だよ、うちは」

「出たいと思ったことはないんですか？」

めずらしく突っ込んだ烏島の問いを意外に思いながら、元彰は口を開く。

「なかったと言えば嘘になるな」

「行動には移さなかった？　あなたなら一から新しく事業をはじめることもできたで

しょうに」

「できただろうな。だが時間が経つとともに自分がどうあっても七杜の血からは逃げられないと悟るようになる。七杜家の跡取りなら必ず通る道だ。いずれ宗介もそうなるだろう」

「なるでしょうね。宗介くんはあなたにそっくりだ」

褒め言葉でないことは、その口調ですぐにわかった。烏島が宗介とそりが合わないことは薄々感じていた。だが最近、その要因がひとつ増えたようだ。

「そういえば、おまえの従業員の叔父についてだが」

元彰が切り出すと、烏島の表情がわずかに変化した。

「彼が姉夫婦の遺産に手を付けはじめたのは、彼の姪がおまえの店で働くひと月前だ。それをあっという間に使い果たし、歯止めがきかなくなったのか借金までしている」

「もともとギャンブルや投資話が好きで若い頃に破産一歩手前までいった過去がありましたからね。痛い目を見て一度改心したようですが、ああいうのは不治の病ですから。それが再発したんでしょう」

「叔父の過去までよく知っているな」

烏島は肩を竦める。

「素行の悪い親族の情報を押さえておくのは従業員のメンタルヘルスを保つために必要なので」

「その叔父にうまい話を持ちかけたのは烏島、おまえの知人だな」

烏島はわざとらしく目を見開く。

「それは初耳ですね」

「その借金は、最近一括で返済されている。それも当人の行方はわからないままな」

「それも初耳でした」

烏島は動じない。目黒新二の過去まで洗いだしている男が最近の動向について知らないはずがない。つまりこれは、すべて烏島が手を回した結果であるということだ。

「おまえがそこまでして手に入れるほどの価値があの娘にはあるのか？」

「彼女は普通の人間ですよ」

「普通の人間におまえが拘るとは思えないが」

「僕のコレクション癖を知っているでしょう。僕だけにしか見いだせない価値というものがあるんです。そしてそれらは一般的な価値を持たない」

烏島は椅子から立ち上がった。

「僕を通さず彼女と接触したことについては上得意様のよしみで目をつぶります。二度目はないですから、そのつもりで」

扉が閉まる。同時に向けられていた殺気が消え、元彰はふっと肩の力を抜いた。

「――目黒千里、か」

この物語はフィクションです。
実在の人物、団体等とは一切関係がありません。
本作は、書き下ろしです。

南潔先生へのファンレターの宛先

〒101-0003　東京都千代田区一ツ橋2-6-3　一ツ橋ビル2F
マイナビ出版　ファン文庫編集部
「南潔先生」係

ファン文庫

質屋からすのワケアリ帳簿
～悪を照らす鏡～

2023年11月20日　初版第1刷発行

著　者　南潔
発行者　角竹輝紀
編　集　山田香織（株式会社マイナビ出版）、定家励子（株式会社imago）
発行所　株式会社マイナビ出版
〒101-0003　東京都千代田区一ツ橋2丁目6番3号　一ツ橋ビル2F
TEL 0480-38-6872（注文専用ダイヤル）
TEL 03-3556-2731（販売部）
TEL 03-3556-2735（編集部）
URL　https://book.mynavi.jp/

イラスト　冬臣
装　幀　堀中亜理＋ベイブリッジ・スタジオ
フォーマット　ベイブリッジ・スタジオ
ＤＴＰ　富宗治
校　正　株式会社鷗来堂
印刷・製本　中央精版印刷株式会社

 ISBN978-4-8399-7154-0
Printed in Japan